NOUVELLE BIBLIOTHÈQUE DRAMATIQUE

MICHEL PAUPER

DRAME EN CINQ ACTES ET SEPT TABLEAUX

PAR

HENRY BECQUE

PARIS
LIBRAIRIE INTERNATIONALE
BOULEVARD MONTMARTRE, ET FAUBOURG MONTMARTRE, 13

A. LACROIX, VERBOECKHOVEN ET Ce
Éditeurs à Bruxelles, à Leipzig, à Livourne

1871

NOUVELLE BIBLIOTHÈQUE DRAMATIQUE

MICHEL PAUPER

DRAME EN CINQ ACTES ET SEPT TABLEAUX

PAR

HENRY BECQUE

PARIS
LIBRAIRIE INTERNATIONALE
15, BOULEVARD MONTMARTRE

A. LACROIX, VERBOECKHOVEN ET Cie
Éditeurs à Bruxelles, à Leipzig, à Livourne

1871

MICHEL PAUPER

DRAME EN CINQ ACTES ET SEPT TABLEAUX

Représenté pour la première fois, à Paris, sur le théâtre de la Porte-Saint-Martin, le 17 juin 1870.

PERSONNAGES

MICHEL PAUPER	MM.	TAILLADE.
LE BARON VON-DER-HOLWECK		CLÉMENT-JUST.
HENRI DE LA ROSERAYE		GOUGET.
LE COMTE DE RIVAILLES		ANGÉLO.
HÉLÈNE	Mlles	LEFRESNE.
MADAME DE LA ROSERAYE		RAUCOURT.
ADÈLE		BONY.
UN OUVRIER	MM.	MARCHAND.
UN CONSEILLER MUNICIPAL		ALEXIS-LOUIS.
UN MÉDECIN		GUBIAN.
UN DOMESTIQUE		LANSOY.
UN APPRENTI		MAIRE.
UNE FEMME DU PEUPLE	Mlle	BRÉANT.

OUVRIERS, FEMMES DU PEUPLE, CONSEILLERS MUNICIPAUX.

MICHEL PAUPER [1]

ACTE PREMIER

Le théâtre représente une vaste pièce, richement meublée, formant salon et cabinet d'affaires. Porte au fond, portes latérales. Devant la porte de gauche, un bureau dont les tiroirs font face à la porte.

SCÈNE PREMIÈRE

LE BARON, MADAME DE LA ROSERAYE.

MADAME DE LA ROSERAYE.

Mon mari va rentrer, je l'espère, et vous ne l'attendrez pas bien longtemps.

LE BARON, distrait.

Vous avez donc déménagé, ma chère madame ?

MADAME DE LA ROSERAYE.

Déménagé? non !

LE BARON, distrait.

D'où vient que je ne me retrouve plus chez vous ?

---

(1) L'auteur donne cette pièce telle qu'il l'a écrite, et en interdit la représentation.

MADAME DE LA ROSERAYE.

Je vois ce qui vous trompe ; mon mari a fait dernièrement de ce salon son cabinet ; il a une porte de ce côté (elle montre la porte de gauche) qui lui permet d'entrer et de sortir sans être arrêté sur son passage. M. de la Roseraye est si facile et si bienveillant qu'il perdait tout son temps à écouter les affaires des autres.

LE BARON, distrait.

A merveille ! (A part.) Il me semblait bien que j'avais pris ma route habituelle pour venir ici.

MADAME DE LA ROSERAYE.

Avez-vous été satisfait de votre santé, monsieur le baron, depuis votre dernière visite ?

LE BARON.

Il n'y a plus que vous, ma bonne madame, qui me donniez encore mon titre de baron auquel je n'ai jamais attaché de prix, vous le savez. La grandeur qui se transmet m'a toujours paru peu de chose auprès de celle qui se conquiert, et j'en fais très-humblement la différence, ayant dédaigné l'une sans pouvoir obtenir l'autre. — Ma santé est excellente, mes forces restent toujours les mêmes ! l'immensité de mes travaux et la haine de mes ennemis n'ont pu les vaincre, et aujourd'hui que je ne compte plus parmi les vivants, elles résistent encore à une dissolution prochaine.

MADAME DE LA ROSERAYE.

Je ne sais si vous pensez comme moi, mais on arrive à un âge où l'on ne voudrait pas recommencer la vie, tant elle contient de fatigues et de peines.

LE BARON.

Bonne chère madame, vous me parlez de vos peines, en avez-vous connu de bien véritables, et le bonheur ne fait-il pas partie de la perfection de votre sexe ? Quelle est la femme qui ne garde au moins le souvenir de ses vingt premières années? Les protections naturelles de l'enfance vous ont-elles failli? non! soins et caresses, le plaisir du miroir et la joie du bal, vous avez aimé tout cela.

MADAME DE LA ROSERAYE.

Il est vrai. Le temps que vous rappelez est le meilleur pour nous autres femmes et celui que nous abrégeons le plus volontiers.

LE BARON.

Vous avez été mariée à un homme supérieur en tout, par les grâces de sa personne comme par les qualités de son esprit : union charmante, digne de vous, digne de lui, dont les charges ont été si légères que vous les avez même ignorées. Le refus d'une parure ou la coqueluche de votre enfant, voilà quelles ont été vos douleurs.

MADAME DE LA ROSERAYE.

Ma fille a passé l'âge des coqueluches, monsieur le baron, c'est une demoiselle à marier. La santé de nos enfants ne nous préoccupe pas plus que leur avenir; et puis vous oubliez les êtres qui nous ont le plus aimé, et dont on pleure éternellement la perte.

LE BARON.

Oui, votre observation est juste. La mort a été de tout temps un sujet de pensées mélancoliques ; les explications que donne la science de cet état fort admissible, ne nous satisfont pas entièrement. Admirons pourtant la nature...

MADAME DE LA ROSERAYE.

Voulez-vous vous interrompre pour répondre à ma question : Votre neveu, M. de Rivailles, nous a été présenté dernièrement; le voyez-vous quelquefois ?

LE BARON.

Je ne vois plus personne, et mon neveu pas plus qu'un autre. Le comte de Rivailles et moi, d'ailleurs, nous ne nous entendrions guère. Il réunit à mes yeux deux types que je déteste : le gentilhomme sans grandeur et le soldat sans moralité. Est-ce un esprit fort ? pas même ! Des opinions de parade qu'il a juré de défendre par l'épée et par la croix pour conserver à son blason un air de vieille monarchie. Patricien dédaigneux et inhumain, débauché vulgaire, joueur ridicule, il mettra cent mille francs sur une carte et ne donnerait pas un sou pour une fondation philanthropique. — Vous m'avez interrompu, ma chère madame, au moment où nous parlions de vous. Ai-je été jeune, moi ? Quelques fantaisies satisfaites à la hâte et aussitôt dédaignées, est-ce là tout ce que contient l'âge d'or de la vie ? Ai-je été riche ? Le patrimoine que mes ancêtres avaient mis cinq cents ans à établir, l'ai-je jeté à des caprices ? Il n'a pas seulement suffi à mes besoins. La science a dévoré mes lingots comme mes années, et que m'a-t-elle donné en retour ? Des travaux sans résultat, des adversaires sans générosité. Tout ce qui est de l'homme, ce qu'il compte, et ce qu'il chante, les jouissances de l'activité, les poésies de l'argent, autant de sacrifices irréparables que m'a coûtés la recherche d'un seul problème, la poursuite d'un x, secret de la matière qu'un autre trouvera après moi. L'élève de Laplace, l'ami d'Arago, n'est plus aujourd'hui qu'un vieux fou que vous seule encore, chère madame, écoutez si patiemment.

MADAME DE LA ROSERAYE.

Excusez-moi, monsieur le baron, de ne pas être tout entière à vous, mais il y a là quelques personnes que l'absence de M. de la Roseraye paraît mécontenter. (Murmures derrière la porte du fond.)

LE BARON, retombant dans sa distraction.

En effet, je n'avais pas prêté attention.

MADAME DE LA ROSERAYE.

Votre vie a été assurément bien laborieuse et bien cruelle ; mais, croyez-moi, notre sort à tous est à peu près semblable, avec des chagrins différents. L'existence que s'est faite mon mari n'est exempte ni d'inquiétudes ni de dangers.

LE BARON.

Je suis bien tranquille sur son compte ! de la Roseraye entreprend tant d'affaires, que dans le nombre il peut s'en trouver de défavorables, je ne l'ignore pas, et nous avons fait ensemble des essais qui nous ont coûté cher à tous deux. Mes pertes se sont augmentées pendant qu'il réparait les siennes; son intelligence si active ne s'accommode pas longtemps d'un terrain infécond. Si j'avais suivi ses conseils, je serais encore plus riche que lui, mais je ne regardais sur ma route que les statues de ceux qui l'avaient prise avant moi, et il est noble de vivre entre le triomphe et le martyre.

(Nouveaux murmures.)

MADAME DE LA ROSERAYE.

Permettez-moi de vous laisser seul, ces bruits me font mal, et je ne pourrais pas les entendre plus longtemps.

LE BARON.

A votre aise. Au revoir, chère madame, au revoir. (Madame de la Roseraye sort par la droite. Le baron, après l'avoir conduite jusque-là, redescend la scène. La porte du fond s'ouvre avec fracas. Michel entre, poussant un domestique devant lui.)

SCÈNE II

LE BARON, MICHEL, UN DOMESTIQUE.

MICHEL.

Et moi, je vous dis que j'entrerai.

LE DOMESTIQUE.

Vous ne pouvez pas rester ici, monsieur; quand M. de la Roseraye sera chez lui, il vous recevra à votre tour.

MICHEL.

Sufficit, mon camarade. Vous faites votre service, je ne vous en veux pas; je fais mes affaires. Allons, hop!

LE BARON.

Laissez, Joseph, laissez ; monsieur attendra dans cette pièce.

(Le domestique sort.)

SCÈNE III

LE BARON, MICHEL.

LE BARON.

Vous êtes vif et impatient, monsieur.

MICHEL.

Il faut ça, dans le chien de métier que je fais.

LE BARON.

Vous me donnez l'envie de le connaître. Qu'êtes-vous donc ?

MICHEL.

Moi, je suis un tas de choses : mécanicien, ingénieur, chimiste, savant pour rire, et inventeur dans mes moments perdus.

LE BARON.

Vous vous nommez, monsieur ?

MICHEL.

Michel Pauper ! c'est comme si je ne vous avais rien dit. Je ne suis connu que de deux hommes; un qui m'a élevé et l'autre qui m'exploite.

LE BARON.

Vous aurez entendu parler sans doute du baron Von-der-Holweck ?

MICHEL.

C'est vous! le baron Von-der-Holweck. Je l'écorche, hein? votre grand diable de nom, mais c'est bien celui que j'ai trouvé dans un almanach scientifique où l'on vous mettait sur le dos une quantité d'anecdotes toutes plus grotesques les unes que les autres.

LE BARON.

Je vous plains, monsieur, d'étudier l'histoire de la science dans les almanachs et de jeter l'écume des libelles à la tête d'un vaincu.

MICHEL.

Vous le prenez comme ça, vous êtes susceptible; vous avez tort avec moi; je parle tout bêtement, sans phrases, parce que je n'ai pas appris à en faire. Mais je ne suis pas plus nigaud qu'un autre, et on a beau me conter ceci et cela, je n'en crois que ce que j'en veux bien croire. Tenez, je n'aime pas beaucoup les nobles, et vous en êtes un, à ce ce qu'il paraît; mais vous m'avez fait l'effet d'un original.

LE BARON.

Original! original est bientôt dit! on les compte, monsieur, les originaux dont la vie, si elle n'est pas une gloire, est un exemple.

MICHEL.

La gloire! vous avez donné là-dedans, vous! Du reste, vous n'êtes pas le seul, et j'y ai pensé aussi à la gloire, quand j'étais moutard. J'allais dans les petits coins et je me disais: Pourquoi donc que tu n'en aurais pas de la gloire... et de l'argent. . et de jolies filles... et de bons dîners... travaille, mon garçon... quand tu auras retenu tout ce qu'on enseigne aux Arts et métiers, toi et un autre ça fera deux. Mes professeurs étaient dans l'extase! et ils sont connus les professeurs du Conservatoire, des malins, qui ne bronchent pas dans une chaire et qui ne sont pas déplacés dans un salon; avec cette petite différence, qu'ils savent tout, eux, et que les gens de salon ne savent rien... Qu'est-ce que je vous disais ?

LE BARON.

Vous me parliez de la gloire... à votre manière.

MICHEL.

Ah! oui! demandez au boulanger ce qu'il en pense de la gloire... 0,80 c. les 4 livres, il ne vous répondra pas autre chose. Et il a raison, ce brave homme, il gagne sa vie, c'est à vous d'en faire autant. On le fait... il faut bien... à moins de voler... mais ça parait dur les premières fois, et puis on en prend l'habitude. On jure bien encore de temps en temps; on se dit : Je veux arriver, comme un tel, qui est parti de rien, comme moi ; finalement, on n'est pas fâché de trouver sa soupe tous les jours, voilà !...

LE BARON.

Sa soupe! sa soupe et le reste! vous m'avez tout l'air d'un gaillard à ne pas vous priver des bons morceaux... Êtes-vous marié ?

MICHEL.

Oh! je comprends bien ce que vous voulez me dire. Vous me demandez si je suis porté sur les femmes. Je m'en moque comme de l'an quarante, des femmes. J'aime mieux la bouteille !

LE BARON.

Prenez garde. La bouteille est quelquefois une maîtresse pire que les autres.

MICHEL.

Ne dites pas de mal du vin, je vous le défends. Le vin! quand je travaille, il m'ouvre la vue, quand je m'explique, il me dégage la langue. (De la Roseraye paraît à la porte de gauche; il aperçoit les deux hommes et se dissimule derrière le bureau dans lequel il cherche des papiers; Michel continue.) En ce moment, on ne s'en douterait pas, j'ai une petite pointe. Si je n'avais pas bu un verre de vin avant de monter ici, j'attendrais encore dans l'antichambre ou je serais déjà rentré chez moi. Maintenant, me voilà, et il faudra bien qu'on m'écoute.

LE BARON.

Vous faites des affaires avec M. de la Roseraye ?

MICHEL.

Oui. Et vous ?

LE BARON.

Nous nous sommes associés quelque temps, lorsque j'avais encore ma fortune.

MICHEL.

Le temps de la perdre.

LE BARON.

Vous calomniez bien vite un riche industriel, très-libéral et très-intelligent.

MICHEL.

Intelligent comme un fripon.

LE BARON.

M. de la Roseraye est un homme d'honneur.

MICHEL.

M. de la Roseraye est une canaille, et je suis venu ici pour le lui dire.

(De la Roseraye, en poussant maladroitement un tiroir, attire l'attention de Michel. Celui-ci va au bureau sur lequel il exécute un roulement de tambour.)

SCÈNE IV

Les Mêmes, DE LA ROSERAYE.

DE LA ROSERAYE, tendant la main à Michel.

Bonjour, cher ami. — Vous avez à me parler.

MICHEL, un peu décontenancé d'abord.

Oui, oui, oui.

DE LA ROSERAYE.

Serez-vous long?

MICHEL.

Mais le temps qu'il faudra.

DE LA ROSERAYE.

C'est qu'en ce moment, je suis attendu. Prenons un jour, voulez-vous? demain?

MICHEL.

Non! tout de suite.

DE LA ROSERAYE.

Impossible! je le regrette!

MICHEL.

Oh! je sais bien que vous n'êtes pas si pressé que moi, mais je ne sortirai pas d'ici ni vous non plus, avant que nous ayons causé ensemble.

DE LA ROSERAYE.

Attendez. (Allant au baron.) Comment allez-vous, cher maître?

LE BARON.

Bien, mon vieil ami, très-bien... et très-mal... vous me comprendrez, vous, si je vous dis que je me suis fait à l'indigence, mais que je ne peux pas m'habituer au repos.

DE LA ROSERAYE.

Le repos! belle chose pourtant que le repos!

LE BARON.

Est-ce bien vous qui me parlez?

DE LA ROSERAYE.

Oui, c'est moi. Il n'y a que les vieux soldats, mon cher baron, pour aimer la paix. Si vous rêvez encore comme un jeune homme que le danger des chimères n'a pas guéri de leur poursuite, vous avez tort. Ma conviction est faite et bien faite aujourd'hui. Toutes les chances de la vie ne valent pas l'enjeu qu'on y expose, et celui-là seul qui prend le chemin battu, marche avec la vérité.

LE BARON.

Philosophie vulgaire, mon cher de la Roseraye, qu'on ne trouvera jamais sur mes lèvres où elle serait pourtant plus excusable que dans votre bouche. Heureux dans vos périlleuses entreprises comme dans vos affections régulières, que demandez-vous donc de plus?

DE LA ROSERAYE, après avoir hoché la tête.

Vous avez raison, cher maître, parlons de vous.

LE BARON.

J'étais venu, mon ami, pour vous rappeler ma pension. Vous me l'avez servie longtemps malgré mes répugnances, et j'ai pris, je l'avoue, l'habitude d'y compter.

DE LA ROSERAYE.

Nous nous sommes expliqués là-dessus à cœur ouvert. Je ne fais pour vous que ce qu'à ma place vous feriez pour moi, et vous n'avez accepté que ce que vous m'auriez offert, c'est dit. Mais... vous tombez mal aujourd'hui. Je ne peux disposer d'argent. Les affaires sont devenues très-difficiles...

LE BARON.

N'insistez pas. Je parle de mes douleurs quelquefois, jamais de mes besoins. D'ailleurs, quand l'esprit souffre, la bête est facile à satisfaire. Adieu, mon cher de la Roseraye, vous ne m'en voulez pas au moins du rapprochement que j'ai paru faire entre votre situation et la mienne; nul plus que moi ne se réjouit de vos succès, vous le savez.

DE LA ROSERAYE.

Je sais, mon ami, que vous êtes bon comme un enfant, grand comme un saint (à part) et égoïste comme un aveugle.

LE BARON, à Michel.

Adieu, monsieur... courage et espoir.

MICHEL.

Sans rancune, monsieur le baron.

(Le baron sort.)

SCÈNE V

DE LA ROSERAYE, MICHEL.

DE LA ROSERAYE.

Je vous écoute.

MICHEL.

Monsieur de la Roseraye, je vais allez droit au but; m'est avis qu'il n'en coûte pas davantage de s'entendre dire les choses par leur nom : vous me v,o-vo,l,e,z-lez, volez.

DE LA ROSERAYE.

Drôle! répétez un mot pareil, et je vous jette à la rue...

MICHEL, se mettant sur ses gardes.

En êtes-vous bien sûr, mon bon monsieur. Soyez donc coulant sur les expressions, je verrai après à être coulant sur le reste.

DE LA ROSERAYE, durement et très-haut.

Je ne vous ai encore demandé, monsieur, ni faveur ni complaisance, et de nous deux, jusqu'ici, l'obligé, c'est vous, qui veniez, il n'y a pas bien longtemps, me conter vos déboires, et dont j'ai secondé les premiers travaux. Il vous plaît d'oublier un appui que vous jugiez alors avantageux, pour ne voir que les profits médiocres que j'ai pu en retirer moi-même, c'est votre droit. Mais quand je pourrais admettre que vous vous échauffiez et que vous perdiez la tête dans une discussion sérieuse de vos intérêts, il n'y a qu'un... je ne veux pas dire le mot, pour entrer en matière comme vous l'avez fait.

MICHEL.

Eh bien, ça va; je vais reprendre la chose par un autre bout.

DE LA ROSERAYE, s'adoucissant.

Je vous ferai remarquer que ces grands éclats qui ne me conviennent pas d'abord ne vont pas non plus avec les pauvres petites affaires que vous êtes venu m'offrir et dont je n'ai consenti à me charger que pour vous être agréable. Ce sont des millions, des millions, vous entendez, qui me passent journellement entre les mains, et si je voulais... voler quelqu'un, je ne vous choisirais pas.

MICHEL.

Je ne sais pas ce que vous faites avec les autres.

DE LA ROSERAYE, d'un ton ordinaire.

Les autres sont des hommes considérables et beaucoup

mieux élevés que vous. Je renoncerais définitivement à prendre part à vos entreprises, si vous conserviez ces habitudes soupçonneuses et surtout si vous vous croyiez autorisé une seconde fois à disposer de ma personne et de mon temps qui est ma propriété et non la vôtre.

MICHEL.

Avez-vous fini ?

DE LA ROSERAYE, avec amitié et lui posant la main sur l'épaule.

Ecoutez-moi, mon cher monsieur Pauper.

MICHEL, lui répliquant sous le nez.

Mais vous parlez toujours.

DE LA ROSERAYE.

C'est que vous êtes un homme terrible... quand vous ou vrez la bouche.

MICHEL.

Qu'est-ce que vous entendez par là ?

DE LA ROSERAYE.

J'entends par là... que vous ne surveillez pas assez votre langue.

MICHEL, à part.

Imbécile ! crache-lui donc à la figure et appelle-le filou.

DE LA ROSERAYE.

Ne recommencez pas à vous fâcher, et puisque vous êtes là, et que je vous donne encore quelques minutes, causons un peu produits chimiques, c'est ce que vous demandez. Parlons de votre couleur, de votre couleur Garibaldi qui n'a pas le succès de la couleur Bismark, je vous le déclare, et ne nous enrichira ni l'un ni l'autre.

MICHEL.

Nous y voilà.

DE LA ROSERAYE.

Oui, nous y voilà! mon dieu, elle est bien venue, cette couleur, très-nette et très-brillante; mais la préparation exige de grands soins, et la main-d'œuvre en est trop coûteuse.

MICHEL.

C'est que vous la payez plus cher qu'elle ne vaut...

DE LA ROSERAYE.

D'ailleurs, votre rouge est passé de mode et ne va plus au commerce.

MICHEL.

On le voit partout.

DE LA ROSERAYE.

Le public n'en achète pas...

MICHEL.

Tout le monde en porte.

DE LA ROSERAYE.

Si vous avez besoin d'espèces, mon cher, il fallait me le dire tout de suite. Je vais vous faire remettre une avance de trois mille francs... Est-ce assez?

MICHEL.

Je ne veux pas trois mille francs, je n'en veux pas cent mille, je veux des comptes.

DE LA ROSERAYE.

Ces comptes ne sont pas prêts, et seraient-ils prêts que je ne consentirais pas à les discuter avec vous aujourd'hui.

MICHEL.

Pourquoi ?

DE LA ROSERAYE.

Pourquoi ? Vous voulez le savoir. Parce que pour examiner des chiffres, il faut être à jeun.

MICHEL.

Si je bois, monsieur, c'est avec mon argent.

DE LA ROSERAYE.

Prenez garde !

MICHEL.

Je veux des comptes, entendez-vous, je veux des comptes.

SCÈNE VI

LES MÊMES, plus HÉLÈNE.

HÉLÈNE.

Il me semble, mon père, que l'on parle bien haut chez vous ?

DE LA ROSERAYE.

Chère Hélène ! — Ne fais pas attention à cet homme, il est ivre.

HÉLÈNE.

Ah ! quelle horreur ! Je vous plains d'être en contact avec de pareilles gens et vous êtes sans excuse de préférer leur compagnie à la mienne. Congédiez ce monsieur, et donnez-moi la fin de votre journée, voulez-vous ?

DE LA ROSERAYE.

Je ne puis. J'ai plus d'occupations que je n'en terminerai.

HÉLÈNE.

Vous verra-t-on à dîner ?

DE LA ROSERAYE.

Je ne sais. On se mettra à table en m'attendant.

HÉLÈNE.

Vous m'abandonnez, mon père, et le moment n'est pas bien choisi. Jamais je ne me suis sentie plus nerveuse et plus impressionnable,... plus exagérée, comme dit ma mère. Si vous ne prenez pas garde à votre fille, elle deviendra folle tout à fait.

DE LA ROSERAYE.

Je fais de bien jolis projets, Hélène, mais se réaliseront-ils ? Je voudrais mettre de l'ordre dans mes affaires, nous assurer un train de maison honorable et ne plus vivre que pour toi. J'aurais dû m'y prendre plus tôt et me rappeler mes premières luttes, sans en attendre de nouvelles. — Laisse-nous, mon enfant.

HÉLÈNE.

Ne m'oubliez pas, mon père.

SCÈNE VII

DE LA ROSERAYE, MICHEL.

DE LA ROSERAYE.

Voyez ce que vous faites, vous criez chez moi comme un homme qu'on égorge, et vous appelez sur des débats déja très-pénibles, l'attention de personnes qui doivent y rester étrangères... Vous ne m'écoutez pas !

MICHEL.

C'est votre demoiselle qui vient d'entrer ?...

DE LA ROSERAYE.

Oui, c'est ma demoiselle. Acceptez ce que je vous propose. Prenez ces trois mille francs aujourd'hui. Je vais faire mes calculs, relever les sommes de toute nature que j'ai dû avancer pour l'exploitation de votre procédé et établir aussi vite que possible la part qui vous revient très-légitimement. Est-ce entendu ?

MICHEL.

Monsieur de la Roseraye, savez-vous le bruit qui court sur vous ?

DE LA ROSERAYE.

Non, et je ne veux pas le savoir.

MICHEL.

Je vais vous le dire tout de même... Il paraît que vous êtes ruiné.

DE LA ROSERAYE.

Ah! Et vous venez vider la maison avant qu'elle tombe.

MICHEL.

Mais on a bien le droit de réclamer son dû, quand on ne prend rien à personne.

DE LA ROSERAYE.

Admettons que je sois ruiné; ce que vous avez alors de mieux à faire, c'est de prendre les trois mille francs.

MICHEL.

Non, je vous les laisse; ils vous sont peut-être nécessaires, et moi je trouverai moyen de m'en passer... Si vous aviez besoin quelquefois d'un camarade, bien portant, pas trop bête, la tête près du bonnet, c'est vrai, mais qui en vaut quatre comme lui à la besogne... je vous la demanderais bien en mariage?...

DE LA ROSERAYE.

Qui? ma fille?

MICHEL.

Dame! oui! Je ne suis pas un joli cadeau à faire à une femme, c'est ce que vous pensez?

DE LA ROSERAYE.

Je ne pense pas cela.

MICHEL.

Oh! ne vous gênez pas; mademoiselle de la Roseraye, l'épouse de Michel Pauper, ce serait comme qui dirait Vénus dans les forges de Vulcain. Mais Michel Pauper est un ouvrier instruit et laborieux, on ne meurt pas de faim avec cela; et puis Michel Pauper pourrait bien un jour ou l'autre trouver quelque chose de mieux que la couleur Bismark.

DE LA ROSERAYE.

Vous travaillez, en ce moment?...

MICHEL.

Oui, je travaille...

DE LA ROSERAYE.

Que faites-vous?

MICHEL.

Oh! ça me regarde. Je cherche.

DE LA ROSERAYE.

Quoi?

MICHEL.

Quoi?... Vous n'en direz rien.

DE LA ROSERAYE.

Rien.

MICHEL.

A personne.

DE LA ROSERAYE.

A personne.

MICHEL.

Je cherche... la cristallisation du carbone.

DE LA ROSERAYE.

Autant dire la pierre philosophale... décidément, savant et fou sont synonymes, et vous êtes comme les autres.

MICHEL.

Tous les mêmes, les gens du monde, ils ne croient qu'à ce qui est inventé... Avez-vous compris, au moins?...

DE LA ROSERAYE.

Sans doute. Votre idée n'est pas nouvelle. Vous voulez faire du diamant avec du charbon; eh bien, le vieux baron qui sort d'ici, il a eu aussi cette marotte; il a dévoré ses biens, perdu sa vie et il a fait du charbon avec du diamant.

MICHEL.

C'est bien possible; mais votre baron était riche, moi je suis pauvre, je ne cours donc pas les mêmes risques. Faisons l'affaire, voulez-vous? Si je vous donne ma découverte, vous me donnerez votre fille.

DE LA ROSERAYE.

Perle pour perle, voilà ce que vous me proposez! Non, mon cher monsieur Pauper, non, Mademoiselle de la Roseraye ne contracte pas dans les marchés que signe son père. Votre demande n'a pas le sens commun... mais elle révèle un état douloureux qui vous fait honneur et auquel je veux bien m'intéresser. La vie est dure, n'est-ce pas? elle a des nécessités cruelles qui irritent, des satisfactions grossières qui répugnent. On souhaiterait, sa journée finie, de trouver une maison bienveillante et des visages affectueux. Venez nous voir, en ami; vous plairez à ma femme qui aime les natures droites et courageuses; faites votre cour à ma fille, je vous y autorise; elle est belle, mon enfant, et si vous ne l'épousez pas, le temps qu'on sacrifie aux grâces n'est jamais perdu. Je ne vous parle pas de moi dont l'intelligence pourtant vaut mieux que la conduite. Devenez éclairé, sans cesser d'être laborieux; devenez indulgent, sans cesser d'être honnête; joignez les qualités du monde aux vertus du peuple; il y a là un problème social qu'on pourrait comparer au secret scientifique que vous cherchez; si vous ne trouvez pas l'un, vous démontrerez l'autre.

MICHEL.

Ce n'est pas bien agréable, ce que vous me dites là; mais je ne vous en veux pas; vous valez mieux que je ne croyais.

ACTE DEUXIÈME

Même décor.

SCÈNE PREMIÈRE

MADAME DE LA ROSERAYE.

Pleure, malheureuse femme, tu n'avais pas encore assez souffert. Tu as été honnête, aimante et dévouée; tu t'es dépouillée d'abord sans un reproche, tu t'es immolée sans une plainte; tu as gardé ton rang avec dignité, tu as tenu ta maison avec sagesse; tu croyais avoir gagné les droits ou mériter au moins un peu de reconnaissance; tu t'es trompée, tu n'es rien et on ne te doit rien! Tu ne comptes pas plus qu'une servante! Essaie donc de lever la tête! Ose donc te faire entendre! Marche à ton mari... et dis-lui que l'aveu de ses désastres serait moins douloureux que le spectacle de ses chagrins. Il te répondra que ses chagrins sont à lui depuis que tu as cessé de partager ses joies, et plutôt que de confesser sa ruine, il te reprocherait encore de l'avoir prévue. O hommes! hommes! que vous êtes légers, ingrats et cruels! Vous choisissez pour vos victimes les créatures les plus généreuses et vous les écartez sans pitié, après les avoir frappées sans remords.

SCÈNE II

MADAME DE LA ROSERAYE, HÉLÈNE.

MADAME DE LA ROSERAYE.

Ton père ne t'a pas parlé, mon enfant ?

HÉLÈNE.

Non, ma mère.

MADAME DE LA ROSERAYE.

Il ne t'a rien dit.

HÉLÈNE.

Rien !

MADAME DE LA ROSERAYE.

Et la pensée de le questionner ne t'est pas venue.

HÉLÈNE.

Je craindrais trop de lui déplaire en l'interrogeant malgré lui.

MADAME DE LA ROSERAYE.

J'avais raison, ma chère Hélène, lorsque je parlais d'ordre et de prévoyance ; ton père ne croyait pas aux jours malheureux et la prodigalité de son caractère satisfaisait les exigences du tien. J'ai peur que le passage d'une vie brillante à des habitudes modestes ne te cause d'abord quelque étonnement.

HÉLÈNE, *sèchement.*

Rassurez-vous ! Si vous êtes peut-être trop clairvoyante pour mes défauts, j'ai en réserve des qualités que vous ne me connaissez pas. Je tiens moins d'ailleurs aux joies légères que donne la fortune qu'aux sentiments élevés qu'elle développe, là est la richesse véritable et celle que je ne perdrai jamais.

MADAME DE LA ROSERAYE.

Apaise-toi, chère enfant; je ne demande pas mieux que de te croire courageuse et prête à tout événement; mais ton âge n'est pas fait pour la douleur et je suis affligée qu'elle te surprenne si tôt. Embrasse-moi, ma fille; je suis maladroite quelquefois et je te blesse sans le vouloir. (Hélène se jette au cou de sa mère.) Terrible enfant dont les caresses sont si rares et qui as la tête dans les nuages, plus souvent que sur mon cœur!... (Elles se séparent.) Ton père est vraiment coupable, Hélène; vous vous adorez tous deux, et je ne lui en aurais pas voulu de s'ouvrir à toi la première, mais il n'a pas le droit d'être abattu et désespéré comme nous le voyons, sans que nous connaissions le poids de ses peines et la portée de nos désastres. — J'ai questionné Michel, il ne savait rien non plus.

HÉLÈNE.

Et pourquoi saurait-il quelque chose ? C'est moi qui en voudrais beaucoup à mon père, s'il nous cachait ses chagrins et qu'il les contât à un étranger.

MADAME DE LA ROSERAYE.

M. Pauper, mon enfant, n'est plus un étranger pour nous, et avec les hommes tels que lui on peut se lier facilement parce qu'on se lie pour toujours. Tu juges encore notre ami sur ce qu'il a été et tu as tort; il avait un vice, il s'en est guéri; un langage et des manières violentes, il les surveille et les perfectionne; quant à son intelligence et à son savoir, ton père qui est bon juge en fait le plus grand cas. Je ne sais s'il deviendra un savant illustre comme il le voudrait et comme je le lui souhaite, mais ce sera un homme de mérite et un homme de bien.

HÉLÈNE.

Dites tout, ma mère, et un excellent mari.

MADAME DE LA ROSERAYE.

Je n'en connaîtrais pas de plus honorable.

HÉLÈNE.

Oui, très-honorable, en effet... pour la cuisinière.

MADAME DE LA ROSERAYE.

Hélène!

HÉLÈNE.

Tenez, ma mère, ne parlons plus jamais de M. Pauper, ni de personne autre; la préoccupation constante que vous avez de mon établissement me choque au moins autant qu'elle me touche; vous me comprendrez lorsque je vous aurai dit une bonne fois mon opinion du mariage. Je sais comme il se pratique, et si romanesque que je sois, je ne compte qu'à demi trouver une alliance telle que je la désirerais. Mais je ne suis pas de ces jeunes filles qu'on est sans cesse à marier tantôt avec l'un, tantôt avec l'autre et qu'on jette, imaginairement, dans tous les bras. Cette impudeur me révolte; la pensée d'appartenir à de certains hommes me fait frissonner tout le corps et plutôt que de profaner le don de ma personne, j'aimerais mieux ensevelir ma virginité. Si ma mère elle-même ne respectait pas cette chaste croyance, je n'aurais pas de plus cruelle ennemie.

MADAME DE LA ROSERAYE.

Ton ennemie, Hélène, c'est ton imagination; l'exaltation et les rêveries sont toujours imprudentes, elles ne t'ont pas corrompue, grâce à Dieu, mais elles t'égarent. Ton esprit se perd dans des divagations sentimentales, au lieu d'envisager les conditions sérieuses de l'existence et tu habites des pays chimériques tout à fait différents de notre monde où l'on ne demande aux hommes que de la probité et aux femmes que de la vertu.

SCÈNE III

LES MÊMES, ADÈLE.

ADÈLE.

On vient d'apporter cette lettre pour monsieur; elle est très-pressée.

MADAME DE LA ROSERAYE.

Avez-vous dit que mon mari était absent?

ADÈLE.

Oui, madame, on a bien recommandé de la lui remettre aussitôt qu'il rentrerait.

MADAME DE LA ROSERAYE.

De quelle part vient-elle ?

ADÈLE.

C'est un domestique qui l'a apportée... Le domestique de madame de Varennes, je crois...

MADAME DE LA ROSERAYE, *après une marque d'émotion.*

Posez cette lettre là.

ADÈLE, *après avoir posé la lettre sur le bureau.*

Madame m'avait demandé un châle et un chapeau.

HÉLÈNE, *avec vivacité.*

Vous allez sortir ?...

MADAME DE LA ROSERAYE.

Oui, mais je ne t'offre pas de m'accompagner... Le spectacle de la mort n'est que pénible pour la jeunesse et moi j'ai besoin de passer quelques instants avec les êtres que j'ai perdus. (*Prenant la main d'Hélène.*) Comme te voilà animée et fiévreuse, mon enfant ; ces conversations irritantes nous font mal à toutes deux, en ce moment surtout nous devrions les éviter. Soyons douces, confiantes et unies et ne donnons pas raison au malheur.

(*Elle sort.*)

SCÈNE IV

HÉLÈNE, ADÈLE.

HÉLÈNE.

Adèle, courez chez M. de Rivailles, vous lui direz que je suis seule et que j'ai désiré le voir.

ADÈLE.

Bien, mademoiselle.

(Elle sort.)

SCÈNE V

HÉLÈNE, seule.

Oui, je veux le voir, échapper un instant aux inquiétudes misérables, aux remontrances vulgaires. Suis-je donc une enfant et faut-il tant d'années et d'expérience pour juger la vie ? Je sais ce qu'elle est, la vie ! Des satisfactions sans éclat, des devoirs sans grandeur, une combinaison terre à terre d'où l'on a exclu la liberté et la passion ! Ah ! être libre ! libre !

Que je souffre depuis que je l'aime ! que d'agitations énervantes ! que de réflexions audacieuses ! Où sont mes innocentes rêveries d'autrefois que je pouvais écrire chaque soir sans crainte qu'on ne les surprît. On me trouvait déjà la tête trop vive, une imagination désordonnée, mais mes entretiens avec moi-même ne dépassaient pas la mesure des confidences permises ; je ne songeais guère alors à me révolter du train de ce monde ; je ne demandais à l'avenir qu'une habitation exceptionnelle pour y mener la destinée commune.

Le repos de ma vie entière est engagé maintenant dans une aventure d'un jour. Celui que j'ai accueilli comme un maître se lassera bientôt d'une domination incomplète et j'aurai perdu son respect sans m'attacher sa tendresse. Il me reprochera d'avoir abandonné mon cœur, il me reprochera d'avoir défendu ma personne; mais quelle est donc la jeune fille qui oserait recevoir dans ses bras un autre homme que son mari?

Viens, viens, mon gentilhomme, mon guerrier, j'oublie en te voyant toutes les larmes que tu me coûtes. Viens vite, que j'admire un instant ta personne hautaine; que j'entende encore ta voix brève et dédaigneuse; apporte dans ma prison des paroles de liberté, des chants de révolte. Que je t'envie, homme heureux, si supérieur aux autres hommes, tu ne connais ni leurs scrupules, ni leurs faiblesses! Tu as rapporté, sur nos chemins paisibles, tes habitudes de champ de bataille et tu soumets la vie aussi audacieusement que tu as bravé la mort.

SCÈNE VI

HÉLÈNE, ADÈLE, puis LE COMTE.

ADÈLE, entr'ouvrant la porte avec précaution.

Voici M. le comte. (Le comte entre.) Je vais guetter mademoiselle.

(Elle sort.)

SCÈNE VII

HÉLÈNE, LE COMTE.

HÉLÈNE.

Dites-moi ce que vous faisiez lorsque vous avez reçu mon message.

LE COMTE, après une courte hésitation.

J'étais en train de voir un cheval que j'achèterai probablement.

HÉLÈNE.

Votre écurie vous occupe beaucoup, je ne m'en étonne pas;

vous m'avez dit dernièrement que vous préfériez vos bêtes à vos semblables. — Et comment l'appellerez-vous, ce cheval ?

LE COMTE.

Mais il a déjà un nom : Cadet Roussel! Voulez-vous que je le débaptise pour lui donner le vôtre?

HÉLÈNE.

Croyez-vous me blesser par cette proposition? J'accepterais joyeusement ce moyen ou tout autre de me rappeler à votre pensée. Mon nom, je voudrais qu'il vous fût présent à toute heure, que vous l'entendissiez mille fois par jour, qu'il fût écrit sur vos murs, sur vos armes, sur votre chair, je serais sûre alors que vous ne l'oublieriez ni demain, ni jamais.

LE COMTE.

Partons nous?... ou bien si c'est toujours la même chose, du canon dans vos paroles et pas plus de bravoure qu'un boutiquier.

HÉLÈNE.

Je vous ai dérangé, je le vois, en vous priant de venir.

LE COMTE.

C'est vous que j'attendais tous les jours et non pas un mot de vous. Je comptais que notre dernière conversation vous aurait décidée et que vous prendriez votre parti, un parti franc et loyal. Que penseriez-vous d'un homme qui irait jusque sur le terrain, et là se rétracterait? Vous ne faites pas autre chose.

HÉLÈNE.

Je serais bien à plaindre, si je vous avais donné de telles espérances quand je ne peux obtenir de vous les plus légères concessions. A peine avez-vous bien voulu trois ou quatre fois me rencontrer au bal ou à la promenade et il me faut pour vous voir trouver des occasions aussi rares que celles-ci.

LE COMTE.

Vous savez bien que je ne vais pas au bal, pas plus aux Tuileries qu'ailleurs. Je suis une bête noire dans votre société de sauteurs, de banquistes et de cocodettes! Ces respectables dames me reprocheraient volontiers le bruit de mes aventures, si je ne connaissais le mystère des leurs. Qu'a-t-il donc de si amusant ce monde, que vous préfériez m'y conduire avec vous plutôt que de vous en sauver avec moi. Prenez-le pour ce qu'il vaut, méprisez-le comme il le mérite, jetez votre bonnet par-dessus les moulins, vous en mourez d'envie, et allons rire en liberté de toutes ces bonnes gens qui ont une chaine au cou ou à la patte.

HÉLÈNE.

Vous m'avez fait déjà une proposition semblable, mais dans un langage tout autre qui la rendait moins offensante; c'est trop cependant de l'avoir entendue une fois.

LE COMTE.

J'ai hésité à venir vous voir et me voilà, vous ne m'y reprendrez plus. Je pouvais pendant quelque temps compter avec vos pudeurs de pensionnaire, mais je ne supporte pas les hypocrisies d'une coquette.

HÉLÈNE.

Coquette, moi, coquette! Dites que je suis bien impudente de vous recevoir en l'absence de mes parents; dites que je suis bien corrompue pour rechercher des entretiens comme les nôtres; mais que la sincérité de mon cœur excuse au moins sa faiblesse; tels sont les engagements de mon amour que si je ne veux pas me déshonorer pour vous retenir, notre séparation pourtant ne me rendrait plus la liberté de moi-même; le jour qui suivra notre dernier adieu, vous apprendrez que j'étais capable de fidélité et d'héroïsme, en recevant le souvenir le plus solennel que jamais femme ait imaginé pour son amant.

LE COMTE.

Vous répandrez votre chevelure sur ma tombe.

HÉLÈNE.

Je me ferai couper la main droite et je vous l'enverrai.

LE COMTE.

Gardez-la pour écrire des romans. Adieu.

HÉLÈNE.

Et mademoiselle Antonia?

LE COMTE.

Ah! qui vous a dit?

HÉLÈNE.

Je le sais. Ça suffit.

LE COMTE.

Antonia est une bête ; elle a cru que je ne pourrais pas vivre sans elle, elle s'est trompée! Il est très-vrai qu'elle me plaisait beaucoup; je l'avais quittée et reprise dix fois sans me soucier qu'elle eût été à tous mes amis; mais je ne lui passerai jamais le chanteur que j'ai trouvé à ses pieds. Si c'est Antonia qui vous inquiète, je l'ai traitée comme elle le méritait et nous ne sommes pas près de nous revoir.

HÉLÈNE.

Cette fille ne m'occupe pas. Je ne voulais que savoir si vous vous pressiez tant de sortir d'ici pour aller la retrouver. Vous ferez bien, du reste, de la reprendre une onzième fois, il vous faut des esclaves et non pas une amie. Retirez-vous maintenant.

LE COMTE.

Mais rien ne me presse; dites-moi que vous n'êtes qu'irrésolue et craintive, et je reste encore pour vous décider.

HÉLÈNE.

C'est inutile... D'ailleurs mon père ou ma mère va revenir et vous n'aimez pas à les rencontrer.

LE COMTE.

J'ai toujours grand plaisir, au contraire, à me trouver avec madame de la Roseraye; elle m'enseigne le respect de ses vertus... et le prix de mes vices.

HÉLÈNE.

Cette phrase veut dire ?

LE COMTE.

Cette phrase veut dire que votre mère est admirable comme toutes les victimes.

HÉLÈNE.

Et que vous, vous êtes satisfait comme tous les bourreaux. Dites-moi adieu.

LE COMTE.

Vous me congédiez sur ce mot.

HÉLÈNE.

C'est votre faute, s'il ne m'en vient pas un plus aimable pour le dernier. Partez décidément, vous m'avez fait beaucoup de mal; et je me sens si faible que dans un instant je ne pourrai plus vous répondre du tout.

LE COMTE.

Quelle singulière enfant vous êtes... J'ai vu des pays où la température change à la minute, mais je n'ai pas vu de femme passer comme vous du blanc au noir... d'un coup, v'lan! De quoi vous plaignez-vous ? Ma conduite est logique, c'est la vôtre qui ne l'est pas. Vous n'avez qu'un parti à prendre comme je n'ai qu'une proposition à vous faire ; si le fond ne vous en déplaît pas, je lui donnerai la forme que vous voudrez. Parler n'est rien, rever, ce n'est rien non plus; ce qu'il faut, c'est agir, vivre; vous seriez plus heureuse cent fois d'exécuter la moitié de vos fantaisies, que d'en inventer constamment de nouvelles. Ce que je vous dis, c'est pour vous ; un autre serait à ma place que je vous en dirais tout autant; mais enfin je suis là, trouveriez-vous facilement un compagnon plus aimable que moi ? J'ai mes jours où je suis aimable; on m'a assuré que j'étais charmant quand je le voulais bien... Ta tête me ravit et m'exaspère... Je suis fou de tes yeux qui n'ont d'autre défaut que leur innocence... Ta bouche. (Il cherche à l'embrasser, elle le repousse, il lui saisit le bras.) Ton bras est ferme et droit, il pourrait tenir une épée ; tu as les flancs d'une amazone ; belle comme tu es, avec ta nature et tes appétits, veux-tu te condamner toi-même; épouser quelque saltimbanque et te morfondre entre les quatre murs du mariage; soit, mais tu regretteras toujours l'existence que je t'aurai offerte, active, puissante, désordonnée, où la volonté est sans limite et les extravagances sans frein.

HÉLÈNE.

Ah! que je maudis le jour où nous nous sommes rencontrés Pourquoi avez-vous pris la rue où je passais plutôt qu'une autre? Pourquoi vos regards se sont-ils croisés avec les miens? Pourquoi m'avez-vous suivie et retrouvée? Pourquoi! pourquoi! Est-ce que ma liberté, mon honneur, ma vie m'appartiennent? Puis-je les reprendre à mes parents pour vous les donner? Vous qui exigez de moi une passion sans réserves, avez-vous songé une seule fois au témoignage d'attachement que je pourrais vous demander. N'êtes-vous pas maître de votre personne et quand vous me montrez le néant du mariage ne me forcez vous pas à penser qu'il serait la sanction de notre amour. C'est impossible, n'est-ce pas... oui, c'est impossible, et le sacrifice revient à celui de nous deux auquel il coûterait davantage. Non, non, mille fois non, la volonté de ma conscience triomphera de l'entraînement de mon cœur. Je vous aurai aimé sans faiblesse, sans honte, et vous savez pourtant si je vous aime; j'ai été droit à vous comme à l'homme de mon choix et de ma destinée; vos paroles ont enflammé ma solitude, j'ai crié votre nom dans mes insomnies, mais je ne serai jamais la maîtresse de celui qui ne me veut pas pour femme, et s'il faut vous suivre ou vous perdre, je vous perdrai. (Elle tombe sur un canapé, affaiblie par l'émotion et poussant de douloureux soupirs. Le comte la regarde sournoisement et se dirige vers elle. Au moment où il va lui prendre la main, elle se relève impétueusement) Ne m'approchez pas! Ne m'approchez pas!

SCÈNE VIII

LES MÊMES, ADÈLE, puis DE LA ROSERAYE.

ADÈLE.

Voic votre père, mademoiselle.

DE LA ROSERAYE, entrant précipitamment.

Où est cette lettre qu'on a apportée pour moi?

ADÈLE.

Là, monsieur, sur le bureau. (Elle sort.)

SCÈNE IX

LES MÊMES, moins ADÈLE.

DE LA ROSERAYE, ouvrant la lettre avec agitation.

« De nouvelles et dernières démarches ont été faites auprès
» de la personne en question qui ne peut pas suspendre plus
» longtemps le cours des choses. Désintéressez votre adver-
» saire ou mettez-vous en route avant demain. »

HÉLÈNE.

M. de Rivailles est là, mon père, et il me disait adieu lorsque vous entriez.

DE LA ROSERAYE, au comte.

Excusez-moi, je vous prie, mais cette lettre ne me laisse pas la liberté de vous retenir.

HÉLÈNE, vivement.

Qu'avez-vous donc, mon père? vous faiblissez.

DE LA ROSERAYE, cherchant à se remettre.

Ce n'est rien, rien... Une nouvelle que je prévoyais et qui m'a ému pourtant outre mesure. — Mon enfant, ma chère enfant!...

(Il serre convulsivement sa fille entre ses bras.)

LE COMTE.

Ce coquin-là est bien sensible.

DE LA ROSERAYE.

Reconduis M. de Rivailles, je veux t'embrasser mille fois.

LE COMTE.

Adieu, mademoiselle ; il est possible que cette visite soit la dernière et que je quitte Paris prochainement.

HÉLÈNE.

Nous serons toujours bien aises de vous revoir quand il vous plaira.

(Hélène se dirige vers le fond avec le comte qu'elle reconduit.)

DE LA ROSERAYE.

Perdu ! perdu ! je suis perdu ! (Il regarde Hélène et M. de Rivailles qui s'éloignent ; soudainement.) Monsieur le comte ?

LE COMTE.

Vous me parlez, monsieur ?

DE LA ROSERAYE.

Oui, accordez-moi quelques minutes, peut-être me donnerez-vous un avis utile.

LE COMTE.

Voyons, monsieur.

DE LA ROSERAYE, à Hélène.

Laisse-moi causer avec M. de Rivailles.

(Elle sort.)

SCÈNE X

DE LA ROSERAYE, LE COMTE.

DE LA ROSERAYE, après s'être remis.

Mon Dieu, monsieur le comte, je n'ai pas le temps de préparer mes phrases, et de votre côté, tel que vous m'êtes connu, vous préférez sans doute que je sois net et catégorique. Il n'est pas question de conseil. Je veux vous faire une proposition; si elle n'était pas de votre goût, convenons à l'avance que je n'aurai rien dit.

LE COMTE.

Allez, monsieur, allez.

DE LA ROSERAYE.

J'ai besoin d'argent, monsieur le comte! (Mouvement du comte.) Attendez. Ce n'est pas un emprunt que je demande, c'est une commandite que je cherche. Vous ignorez peut-être la valeur de ce terme; en deux mots ma situation est celle-ci : Je suis en pourparlers pour une magnifique affaire, une opération considérable, mais qui exige une avance de fonds que je n'ai pas. Je me retirerais bien volontiers, sans le mauvais état de ma fortune et la nécessité où je me trouve de frapper un grand coup; je ne vous cache rien, vous le voyez. Ne seriez-vous pas disposé, monsieur le comte, à venir à mon secours, tout en vous préparant pour vous-même d'assez jolis avantages. C'est cent mille francs environ qui me sont nécessaires; et vous fallût-il les prendre sur vos terres où ils ne vous rapportent qu'un et demi, deux au plus, vous auriez alors cette somme placée dans une entreprise industrielle qui vous donnerait vingt et vingt-cinq pour cent de votre argent.

LE COMTE.

Est-ce tout, monsieur? Vous me forcez à vous dire qu'en recherchant l'honneur d'être présenté à madame et mademoiselle de la Roseraye, je ne pensais pas que mes visites ici amèneraient de vous à moi des rapports un peu trop familiers. Je ne mets pas d'argent dans vos affaires.

DE LA ROSERAYE.

C'est votre dernier mot...

LE COMTE

Bonjour, monsieur.

DE LA ROSERAYE.

Restez, monsieur le comte, et écoutez-moi avec pitié. Je vous ai menti. Cette opération dont je vous parlais n'existe pas. La vérité, l'affreuse vérité, la voici tout entière. Je vais être poursuivi, arrêté, condamné. Après quinze années de travail et de lutte, après des prodiges d'activité et d'intelligence, je me suis trouvé un jour sans argent dans ma caisse, et sans appui dans mon entourage. J'ai perdu la tête, j'ai oublié toutes les règles, toutes les lois, jusqu'à contrefaire une signature, j'ai négocié des lettres de change dont la fausseté vient d'être découverte. J'implore votre indulgence et votre générosité; à l'heure qu'il est, je puis encore, en désintéressant la question d'argent, étouffer la honte de cette affaire. Sauvez-moi, il faut que vous me sauviez, sauvez-moi.

LE COMTE.

Assez, monsieur, assez! Il y aurait beaucoup de choses à vous répondre, mais je ne suis pas un prédicateur, je suis un soldat, et votre histoire m'en rappelle une autre dont vous pourrez faire votre profit. J'avais dans mon régiment un jeune fourrier d'une vingtaine d'années, joli comme un cœur et prodigue comme un prétendant. Les vieux de la vieille se scandalisaient bien un peu de ses dépenses, mais on était indulgent pour lui et on pensait que les femmes ne le laissaient manquer de rien. Un jour, au moment où il était attendu chez le capitaine pour rendre ses comptes, on entendit une détonation dans sa chambre. Ce gamin-là s'était fait sauter la cervelle.

DE LA ROSERAYE, *tirant un pistolet de sa poche.*

J'y avais pensé, monsieur, avant que vous m'en donniez le conseil.

LE COMTE.

Ah! (Il serre militairement la main à de La Roserave et se retire; arrivé à la porte.) Voulez-vous que je me tienne là et que je vous assiste?

(Il sort sur un signe de La Roseraye.)

SCÈNE XI

DE LA ROSERAYE, seul. Il pose son pistolet sur le bureau.

Il a raison, cet homme! il a osé me dire ce que penserait le premier venu, ce que j'ai pensé moi-même. Me voici arrivé à cette heure sinistre où les expédients sont finis, les bourses fermées, les dévouements épuisés ou stériles. Il faut acquitter de sa personne ses désordres et ses méfaits. Le monde attend de moi une détermination courageuse qui soit l'expiation de mon passé et le rachat de ma mémoire... Fuir! je pourrais fuir encore! Promener ma misère et ma honte, baisser le front pour gagner du pain! échapper à la loi écrite et retrouver partout le jugement des hommes. Jamais. (Il tire la lettre et la relit.) « De nouvelles et dernières démarches ont » été faites auprès de la personne en question qui ne peut pas » suspendre plus longtemps le cours des choses. Désintéressez » votre adversaire ou mettez-vous en route avant demain. » Demain, la justice entrera dans ma demeure, elle me saisira sous les yeux de ma femme et de ma fille et avant un mois la peine des faussaires me sera appliquée... On fouillera tous mes livres, on mettra à nu tous mes actes et ce qui n'était que des calomnies sans fondement deviendra des accusations vérifiées. Je ne serai plus là, la tête haute, l'esprit audacieux, appuyé sur les apparences de la richesse, je serai dans un cachot, écrasé et tremblant, poursuivi par l'insulte et les huées, et jusque sous les larmes des miens, je retrouverai l'expression du mépris public. Allons!

(Il marche précipitamment vers le bureau et saisit le pistolet. — Madame de la Roseraye entre.)

SCÈNE XII

DE LA ROSERAYE, MADAME DE LA ROSERAYE.

MADAME DE LA ROSERAYE.

Vous avez bien changé, mon ami, depuis quelque temps, et si vous vous regardiez en ce moment, mes inquiétudes ne vous paraîtraient que trop justifiées. Est-ce votre santé qui est affaiblie ou, comme je le crois plutôt, votre fortune qui est compromise? Dites-le-moi et causons un peu ensemble, ce qui ne nous est pas arrivé depuis bien longtemps.

DE LA ROSERAYE.

Ne m'interrogez pas. Préparez plutôt votre courage et laissez-moi espérer que les forces nécessaires ne vous manqueront pas.

MADAME DE LA ROSERAYE.

Il s'agit de vous, mon ami, et non pas de moi qui ne vous demande aucun ménagement. Voyons, je ne suis pas si terrible qu'une confidence puisse vous effrayer; elle vous soulagera au contraire, et je vous serai reconnaissante de me l'avoir faite.

DE LA ROSERAYE.

N'insistez pas, je vous le répète. Vous me prieriez inutilement; je ne dirai rien.

MADAME DE LA ROSERAYE.

Vous me devez, Henri, l'explication que je vous demande, je l'attends et je la veux. En vous confiant autrefois ma dot, qui devait à tout hasard être la dot d'Hélène, j'ai acquis sur la gestion de vos affaires des droits réguliers. C'est la première fois que je vous les rappelle. Je n'ai pas voulu troubler votre prospérité passagère par une réclamation d'intérêts, j'ai eu tort; vous m'auriez accusée peut-être de me venger de votre abandon... en vous coupant les vivres, mais j'aurais fait mon devoir, et aujourd'hui l'avenir de ma fille, la sécurité de ma vieillesse ne se trouveraient pas compromis par les désordres d'un libertin.

DE LA ROSERAYE, fondant en larmes.

Ah! tu ne sais pas combien tu es cruelle!

MADAME DE LA ROSERAYE.

Parle alors. Mais parle donc. Est-ce que je ne souffre pas aussi? Est-ce que je ne pleure pas comme toi? Une minute de calme et de réflexion vaudrait mieux que toutes tes larmes et les miennes. Sois franc, complètement sincère, ne me cache rien, et si tu manques de courage, je te donnerai l'exemple de la fermeté et de la résolution. Où en sommes-nous? Que nous reste-t-il? Qu'as-tu perdu?... Tout?...

DE LA ROSERAYE.

Tout!

MADAME DE LA ROSERAYE.

Que vas-tu faire?... Cette fortune qui paraissait si belle à voir ton train et tes dépenses ne s'est pas écroulée en une heure! Ces bénéfices qu'on croyait si grands ne se sont pas envolés tout à coup. Un homme prévoyant a dû se ménager des ressources, se créer des appuis... supprimer à l'avance toutes les causes de trouble et de gaspillage. Je vais te le dire ce qu'il faut faire... et d'abord jure-moi que tu ne reverras pas une seule fois, une seule minute cette madame de Varennes.

DE LA ROSERAYE.

Jeanne!

MADAME DE LA ROSERAYE.

Oh! je ne suis plus jalouse, va... oublie cette créature frivole et perverse, indigne de toi, elle a égaré ta vie et désolé la mienne; renonce à ce monde de dissipateurs et de femmes perdues qui me renvoient un vieillard à la place de l'homme charmant que j'ai connu et adoré... Ah! je te maudirais si sur les ruines de ta maison, seul appui de ta femme et de ta fille écrasées à tes pieds, tu te préoccupais encore d'une société douteuse et libertine qui ne se souviendra pas de toi demain, lorsque nous nous cacherons nos blessures pour cicatriser les tiennes ! Mais non, non, le passé est bien mort, n'est-ce pas; je retrouve le mari digne et honorable que je n'ai pas cessé d'aimer. Tu as pu croire un moment aux complaisances de tes compagnons de table et de folie; mais tu sais bien que l'affection véritable, le désintéressement, les tendresses profondes habitent dans des cœurs plus nobles, dans des âmes plus pures et tu me reviens! C'est là notre gloire à nous et notre consolation. (Pause.) J'ai tout dit sur ce chapitre et je ne t'en reparlerai jamais. Dès ce jour, sans délai, sans hésitation, tu entreprends la liquidation complète de tes affaires en même temps que nous te chercherons une position paisible et régulière qui convienne à ton âge et à ton mérite. Nous allons quitter cet appartement où j'ai tant souffert, congédier les domestiques, réduire au plus bas mot nos dépenses. Tu regretteras d'abord les habitudes anciennes, et Hélène aussi, mais ce changement d'existence fera sur ta fille une impression salutaire. En te voyant plus régulier, plus calme, plus heureux, elle comprendra que le bonheur n'exige pas tant de choses et moi je serai soulagée des peines secrètes que me causent son amour du luxe et les extravagances de sa cervelle.

DE LA ROSERAYE.

Que veux-tu dire? Hélène a été élevée richement sans doute, elle a pris des habitudes élégantes et dispendieuses, mais qu'une jeune fille perd sans danger lorsqu'elle a de bons instincts et l'esprit pur. Jugerais-tu ta fille autrement et la croirais-tu capable de manquer aux exemples d'honneur et de vertu que tu lui as donnés?

MADAME DE LA ROSERAYE.

Oh! quels soupçons, Henri!... Dieu me préserve d'en avoir jamais de semblables sur mon enfant. J'ai voulu dire seulement qu'Hélène ne trouve d'autre prix à l'existence que celui que lui donne la richesse. C'est de toi qu'elle tient ces besoins de luxe et de somptuosité; c'est à toi maintenant à lui donner un autre exemple et de plus sages habitudes.

DE LA ROSERAYE.

Écoute-moi à ton tour, Jeanne; oui, j'ai été léger, oublieux, cruel; je t'ai négligée et affligée, mais je garde encore intact le souvenir de nos jeunes amours et le respect de tes vertus admirables. Quant à Hélène, un autre père l'eût élevée plus sagement peut-être, il ne l'aurait pas aimée plus tendrement. Toutes deux vous avez été toujours les premières dans ma pensée, et lorsqu'il m'arrivait de déserter ma maison, je savais au moins qu'elle était hospitalière pous les femmes chéries et honorées que j'y laissais.

MADAME DE LA ROSERAYE.

Ne reviens pas sur le passé, mon ami, il est oublié.

DE LA ROSERAYE.

Laisse-moi tout dire. Mes charges étaient lourdes : elles exigeaient de grands efforts et de grands succès. Je comptai d'abord sur mon intelligence, sur mon travail, sur ma probité même; je me montrai délicat en affaires, généreux avec les hommes, mais je m'aperçus bientôt qu'ils me traitaient comme un adversaire, quand je les considérais comme des associés. Alors je me servis des moyens qu'ils employaient et à leurs ruses j'opposai les miennes. Dans ces luttes quotidiennes de la vie, la loyauté s'altère et se rouille comme une épée de parade qu'on abandonne promptement pour employer des armes plus avantageuses. Un jour vint cependant où la mauvaise chance triompha de mon habileté comme du reste; je vis tomber mes entreprises les plus sages, je vis disparaître mes dernières ressources en me répétant avec désespoir qu'elles représentaient notre existence commune et l'établissement de notre enfant. Eh bien, s'il m'était resté, réponds-moi sans chercher à me comprendre, s'il me restait encore aujourd'hui un moyen périlleux, un acte coupable qui une fois découvert entraînerait sur son auteur une flétrissure publique, que devrais-je faire, sauver ma fortune ou mon honneur?...

MADAME DE LA ROSERAYE, *fondant en larmes.*

Ton honneur, Henri, ton honneur...

DE LA ROSERAYE.

Elle me tue! — Plus un mot! Plus un mot!... Passe dans

ma chambre, je te prie, tu trouveras des sels sur un meuble, apporte-les-moi.

MADAME DE LA ROSERAYE.

Es-tu malade?

DE LA ROSERAYE.

Va, va... va.

(Elle sort.)

SCÈNE XIII

DE LA ROSERAYE.

Crève, gredin!

(Il se brûle la cervelle.)

ACTE TROISIÈME

La scène se passe à la campagne, aux environs de Paris. Petit salon, ameublement vulgaire; porte au fond, portes latérales.

—

SCÈNE PREMIÈRE

LE BARON, ADÈLE.

LE BARON.

Priez madame de la Roseraye de me recevoir, et dites-lui que je lui apporte la réponse qu'elle attend. (Madame de la Roseraye entre par la gauche.) Justement, la voici.

(Adèle sort.)

SCÈNE II

LE BARON, MADAME DE LA ROSERAYE.

LE BARON.

Comment allez-vous, chère madame?

MADAME DE LA ROSERAYE.

Bien, je vous remercie.

LE BARON.

Vous êtes installée tout nouvellement à la campagne ?

MADAME DE LA ROSERAYE.

Oui, depuis quelques jours.

LE BARON.

Cette petite maison que vous habitez est sans doute à vous?

MADAME DE LA ROSERAYE.

Que dites-vous donc là, monsieur le baron? Il ne devait rien nous rester et il ne nous reste rien. C'est un bon et fidèle ami, M. Pauper, que vous avez pu voir autrefois chez nous, qui a bien voulu mettre à notre disposition cette maison qu'il avait louée d'abord pour lui.

LE BARON.

Et que devient-il, ce pauvre diable ?

MADAME DE LA ROSERAYE.

Ce pauvre diable est un homme laborieux, éclairé, bienfaisant, d'une probité sans tache, d'un dévouement sans bornes, qui fait des choses honorables en attendant qu'il fasse de grandes choses. Il dirige ici une fabrique importante de produits chimiques et non-seulement elle a doublé de valeur entre ses mains, mais il est arrivé en peu de temps à améliorer les mœurs et le bien-être de toute une colonie d'ouvriers. Aussi cette petite commune a-t-elle en vénération le pauvre diable.

LE BARON.

Ce que vous me dites là est en effet très-honorable et me cause le plus grand plaisir. Je n'ai jamais pensé à M. Pauper sans intérêt.

MADAME DE LA ROSERAYE.

Venons, je vous prie, à l'objet principal de votre visite.

LE BARON.

Très-volontiers. Si je vous ai bien comprise, chère madame, voici le parti auquel vous vous êtes arrêtée et le bon office que vous attendiez de mon attachement à votre personne. Réduites, votre fille et vous, à demander au travail les subsistances de chaque jour, vous avez songé tout naturellement à utiliser l'éducation et les talents de mademoiselle Hélène ; vous avez souhaité alors de lui trouver un emploi d'institutrice dans quelque famille aisée et hospitalière qui conviendrait à l'avance de ne pas vous séparer de votre enfant. C'est bien cela ?

MADAME DE LA ROSERAYE.

C'est cela même ! Après, monsieur le baron, après.

LE BARON.

Vous avez bien voulu, chère madame, penser à moi et me demander si je ne connaîtrais pas cette famille que vous cherchiez. Je me suis souvenu fort à propos qu'en Touraine habitait une de mes petites nièces, charmante femme, mère de deux jeunes enfants, et dont le mari, riche propriétaire foncier, est bien le plus simple et le meilleur des hommes... en même temps qu'un homme d'initiative et de progrès. Il a expérimenté des procédés nouveaux de culture qui ont compromis une partie de sa fortune. J'ai écrit aussitôt à ma nièce et la réponse qu'elle vient de m'envoyer est si satisfaisante de tous points, sa lettre est écrite en des termes si obligeants, si parfaits, que j'ai tenu à la mettre sous vos yeux.

(Il cherche la lettre sans la trouver.)

MADAME DE LA ROSERAYE.

Ma fille et moi, monsieur le baron, nous vous sommes bie reconnaissantes de votre amitié.

LE BARON, tendant la lettre.

Lisez, chère madame.

MADAME DE LA ROSERAYE, lisant, à part.

« Monsieur le baron Von-der-Holweck, le titre nobiliaire

» que vous portez, pas plus que les infirmités de la vieillesse, » ne sauraient vous soustraire à l'obligation de payer vos » loyers... »

(Embarrassée, et après un geste de commisération pour le baron, elle veut lui rendre la lettre.)

LE BARON.

Ne vous hâtez pas, chère madame, ne vous hâtez pas.

MADAME DE LA ROSERAYE, reprenant la lecture de la lettre.

« S'il est vrai que vous apparteniez à une famille royale, » comme on le dit dans le quartier, vous devriez vous adres- » ser à elle sans faux orgueil. L'orgueil véritable consiste à » faire face à ses engagements, dont le premier a été tou- » jours de payer son terme... J'ai l'honneur de vous saluer... » Pinson, entrepreneur de maçonnerie et propriétaire. »

LE BARON.

Gardez cette lettre, chère madame, pour la montrer à mademoiselle Hélène qui la lira avec plaisir. Vous aurez remarqué le passage où ma nièce m'offre si gracieusement une habitation chez elle. Que voulez-vous? Je suis bien où je suis; j'ai mes petites habitudes et je me trouve trop vieux pour me déplacer.

MADAME DE LA ROSERAYE.

Vous savez mieux que moi, monsieur le baron, ce que vous avez à faire; il me semble pourtant qu'en vous retirant auprès de votre parente, vous trouveriez des affections et des soins qui doivent vous manquer quelquefois.

LE BARON.

Indépendant j'ai vécu, indépendant je mourrai; et à ce propos, je m'étonne un peu de l'empressement que vous paraissez mettre vous-même à aliéner votre liberté et celle de votre grande fille. Vous allez partir en Touraine, bien; vous vous trouverez chez les gens que je viens de vous dire, qui auront pour vous toute la considération que méritent vos vertus et vos malheurs, très-bien; mais cette position inférieure, cette existence nécessairement sérieuse, triste même, qui peut convenir à votre âge et assure, il est vrai, votre tranquillité personnelle, mademoiselle Hélène l'accepte-t-elle sans répugnance et sans regrets ? Elle est jeune, c'est-à-dire enjouée, rieuse, un peu frivole; enfin elle a l'avenir devant elle. A sa place, je l'avoue, je préférerais me créer une situation indépendante, dans un pensionnat par exemple, et rester à Paris, ce centre si commode, si libéral, unique au monde, où l'argent, quoi qu'on dise, ne tient pas toujours la première place. Avant peu, mademoiselle Hélène rencontrerait un brave et honnête garçon, un commis ou un artiste, que sais-je, qui s'estimerait très-heureux d'épouser une bonne petite fille, sans dot il est vrai, mais aimable et bien élevée.

MADAME DE LA ROSERAYE.

Je pense entièrement comme vous, monsieur le baron, et ma fille pourrait vous dire que ces sages conseils lui ont été donnés déjà, sans réussir auprès d'elle. Hélène n'est pas tout à fait l'enfant que vous supposez. Dans les premiers mois qui ont suivi la mort de son père, elle a montré une douleur et un recueillement au-dessus de son âge. Nous avions pris un appartement fort modeste où les journées devaient lui sembler bien pénibles et bien longues, surtout lorsque j'étais obligée de la laisser seule pour paraître dans les affaires de succession de mon mari qu'elle doit ignorer toujours. L'état relativement calme où ma fille était d'abord, ne dura pas. Elle redevint tout à coup plus agitée et plus véhémente que par le passé. Je crus comprendre qu'après avoir épuisé sa douleur, elle faisait sur elle-même et sur sa situation un retour bien naturel et dont elle était épouvantée. J'essayai alors de lui donner plus d'espoir dans l'avenir, plus de confiance en elle-même, et un jour où je lui parlais de sa jeunesse, de son éducation, de sa grâce, qui ne pouvaient manquer d'être remarquées, elle me répondit d'un ton que je n'oublierai pas : Je ne me marierai jamais. Depuis ce jour, j'ai résolu de soutenir ma fille de mes tendresses plutôt que de mes avis, et sans chercher à lui imposer ma volonté plus raisonnable souvent que la sienne.

SCÈNE III

LES MÊMES, HÉLÈNE, UN OUVRIER.

HÉLÈNE.

Je vous amène un ouvrier qui vient de la part de M. Pauper.

L'OUVRIER.

Madame de la Roseraye?

MADAME DE LA ROSERAYE.

C'est moi, mon ami.

L'OUVRIER.

Je suis envoyé par le patron, madame, pour vous conduire à la fabrique.

MADAME DE LA ROSERAYE.

Pour me conduire à la fabrique? Êtes-vous sûr de votre commission ?

L'OUVRIER.

Oui, madame; on m'a bien recommandé de ne pas dire un mot de trop.

MADAME DE LA ROSERAYE.

C'est bien, je vous suis. Sans adieu, monsieur le baron.

LE BARON.

Vous m'autorisez, chère madame, à sermonner cette belle une fille que j'aime de tout mon cœur ?

MADAME DE LA ROSERAYE.

Comme il vous plaira.

(Elle sort, l'ouvrier l'a précédée.)

SCÈNE IV

LE BARON, HÉLÈNE.

LE BARON.

Eh bien, mon enfant, vous permettez à un vieux bonhomme comme moi qui vous a vu naître, de vous appeler son enfant, que vient donc de me dire votre excellente mère, que vous ne songez pas à vous marier?

HÉLÈNE.

Laissez ce sujet, monsieur le baron, il m'est pénible. J'espérais presque en vous voyant que vous nous apportiez de bonnes nouvelles.

LE BARON.

Votre mère a dans sa poche, chère demoiselle, une réponse aussi satisfaisante que vous pouvez la désirer. Ne me remerciez pas. Vous voyez que pour plaire à une aimable amie comme vous, je n'ai consulté d'abord que ce qui lui était le plus agréable, mais ne puis-je pas me demander aussi ce qui lui serait le plus avantageux?

HÉLÈNE.

J'ai besoin de repos et de recueillement. J'ai besoin d'une occupation régulière et je la voudrais si intéressante qu'elle absorbât toute mon attention, toutes mes pensées, jusqu'à mes souvenirs. J'ai besoin d'une existence grave et disciplinée... Ceux qui me jugeant sévèrement méconnaissent mes qualités morales, les verront à l'œuvre et leur rendront peut-être justice! — Ma mère a dû vous dire, monsieur le baron, que votre famille était la seule dont nous accepterions l'hospitalité.

LE BARON.

Aussi est-ce une de mes parentes qui vous l'offre.

HÉLÈNE.

Vous la nommez?

LE BARON.

Madame Avril... C'est une demoiselle de Rivailles... (mouvement d'Hélène) petite cousine du comte de Rivailles que vous connaissez.

HÉLÈNE.

Ils se voient beaucoup, sans doute?

LE BARON.

Fort peu, au contraire.

HÉLÈNE.

Pourquoi?

LE BARON.

La famille du comte, sans cesser de le considérer comme un des siens, ne lui pardonne pas pourtant son existence bruyante et désordonnée.

HÉLÈNE.

Elle a raison.

LE BARON.

On aurait voulu qu'il se mariât.

HÉLÈNE, après une violente secousse.

Et quel parti lui offre-t-on?

LE BARON.

Aucun, que je sache. Il est trop tard, aujourd'hui. M. de Rivailles ne trouverait plus une jeune fille de son monde qui consentît à l'épouser.

HÉLÈNE.

Ont-elles le droit d'être si difficiles?

LE BARON.

Je parle de celles qui l'ont. M. de Rivailles, depuis longtemps déjà, est tenu à distance par toutes les femmes de la bonne compagnie.

HÉLÈNE.

Est-ce bien elles qui le repoussent ou lui qui s'en éloigne?

LE BARON.

Mais l'un ne ferait pas plus son éloge que l'autre.

HÉLÈNE.

Je sais que les comédiennes ne sont pas de son goût.

LE BARON.

Aussi ne recherche-t-il que des aventurières.

HÉLÈNE.

On dit qu'elles ont plus de cœur que les autres.

LE BARON.

Leur cœur a donc bien peu de prix qu'elles le placent si mal.

HÉLÈNE.

M. de Rivailles est un héros.

LE BARON.

Les héros comme lui ressemblent beaucoup à des chenapans.

HÉLÈNE, fièrement.

J'aime le comte de Rivailles; son honneur est le mien.

(Le baron interdit d'abord regarde fixement Hélène qui se trouble, rougit et détourne la tête.)

LE BARON.

Je suis un vieillard, mon enfant, et la majesté de mon âge peut couvrir la hardiesse de cette révélation, mais de pareilles fautes doivent rester dans l'ombre où elles ont été commises. On ne les cache pas sans honte, on ne les avoue pas sans audace. (Hélène pleure.) Pauvre fille!

HÉLÈNE.

Oui, oui, pauvre fille égarée par l'amour et pour qui l'amour n'a que des larmes.

LE BARON.

Vous avait-il fait quelque promesse?

HÉLÈNE.

Quelle promesse pouvais-je lui demander, sinon qu'il me respectât!

LE BARON.

Et vous parle-t-il maintenant de réparation?

HÉLÈNE.

M'auriez-vous conseillé de le revoir? Je ne suis pas de ces femmes qui prennent leur parti d'un outrage.

LE BARON.

Mais vous me paraissiez me dire d'abord...

HÉLÈNE.

Assez! assez! ne me forcez pas à l'avilir pour me justifier.

LE BARON.

Remettez-vous, chère enfant. Il est bien difficile au trouble de vos paroles de distinguer quel est le plus coupable de vous deux.

HÉLÈNE.

C'est lui, le coupable, lui. Je l'aimais. Je m'étais éprise de sa personne sans connaître encore son nom. Il était noble, fier et valeureux. Il avait le ton d'un maître, des habitudes royales. Ses violences m'auraient révoltée dans la bouche d'un autre; venant de lui, je leur trouvais du caractère et de la grandeur. Je l'aimais. Je l'avais rencontré avant la mort de mon pauvre père, ce malheur nous sépara brusquement, sans détacher ma pensée de la sienne. Je l'aimais trop pour l'oublier. Je le revis. J'étais triste et affligée, il se montra sensible et doux; je cherchais autour de moi une amitié consolante, quelle autre que la sienne aurait pu me charmer davantage? il me disait qu'il était touché de ma constance, et moi je lui savais gré de sa soumission et de son respect. Etait-ce un rôle qu'il s'était donné ou bien sa nature reprit-elle le dessus? Mais il voulut un jour quitter la réserve qu'il m'avait promise et je le menaçai de ne plus le voir. Alors, cet homme, qui la veille encore s'asseyait à mes pieds comme un enfant, fou de colère plus que d'amour, demanda à sa volonté ce qu'il ne pouvait obtenir de la mienne. Il répondit à mes reproches par des injures, à mes pleurs par des quolibets. Je cherchais une arme pour le frapper. Lutte ignominieuse dont le souvenir obsède et salit toutes mes pensées, tous mes instants. Morte, il aurait déshonoré mon cadavre.

LE BARON.

Calmez-vous!.. calmez-vous!

HÉLÈNE.

Vous savez maintenant pourquoi je ne veux pas me marier.

LE BARON.

Voici quelqu'un! Prenez garde.

SCÈNE V

LES MÊMES, ADÈLE.

HÉLÈNE.

Qu'y a-t-il, Adèle ?

ADÈLE.

Mademoiselle peut-elle venir un moment ?

HÉLÈNE.

Que voulez-vous ? Dites ? Parlez donc ?

ADÈLE.

Monsieur de Rivailles fait demander à ces dames si elles sont visibles.

LE BARON.

Répondez que madame de la Roseraye est absente et que sa fille se trouvant seule ne peut pas recevoir.

HÉLÈNE.

Non ! non ! Priez monsieur le comte d'entrer.

(Adèle sort.)

SCÈNE VI

HÉLÈNE, LE BARON.

HÉLÈNE.

Je veux le voir enfin ! Il est assez généreux pour se repentir, assez loyal pour m'épouser.

LE BARON.

Prenez garde de manquer de courage après avoir manqué d'expérience. Cette visite du comte est toute naturelle; vous le fuyez, il court après vous. Mais sachez que l'amour n'a que l'importance d'un passe-temps aux yeux des hommes et ils traitent bien légèrement l'honneur d'une femme qui a été assez imprudente pour l'exposer. Si quelqu'un peut rappeler à M. de Rivailles l'offense qu'il vous a faite et la réparation qu'il vous doit, ce n'est pas vous. A défaut de protecteur naturel, je vous offre l'intervention d'un ami auquel son âge et son passé donnent le droit de se faire écouter.

HÉLÈNE.

Recevez-le.

(Elle sort.)

SCÈNE VII

LE BARON, LE COMTE.

LE COMTE.

Vous ici, monsieur le baron?

LE BARON.

Mais ma présence n'a pas lieu de vous étonner. Mes rapports avec cette famille remontent à une époque très-ancienne et les dames de la Roseraye n'ont pas de serviteur plus sûr ni plus respectueux que moi.

LE COMTE.

Ici ou ailleurs, monsieur le baron, je suis enchanté de vous revoir et de vous retrouver toujours aussi jeune, aussi vaillant. Vous ne changez pas. Belle vieillesse, morbleu! dont vous devez être fier et qui ferait envie à bien des hommes de mon âge. Comment diable votre génération s'y est-elle prise pour manquer si totalement la nôtre ? — Vous me gardez rancune, je le vois, de la conversation un peu vive que nous avons eue avant mon départ pour l'Afrique. Vous êtes violent quand vous vous y mettez ; moi, c'est mon état le plus ordinaire. Les Arabes ont un très-beau proverbe que je ne connaissais pas alors. Ils disent : « Le lion ne combat pas avec le lion. » Si je n'étais pas toujours sur les grandes routes, je serais allé vous voir depuis longtemps. Ma mère, je m'en souviens, vous préférait à ses autres frères, et j'ai hérité de son enthousiasme pour vos grandes vertus chevaleresques.

LE BARON.

Je vous remercie, monsieur le comte. En rendant hommage à mon caractère et en rappelant fort à propos la mémoire de la comtesse de Rivailles, ma sœur bien-aimée, vous donnez vous-même à cet entretien toute la gravité qu'il exige. J'aurais été surpris le premier de me rencontrer ici avec vous, si je n'avais appris par une confidence douloureuse le mystère qui accompagne votre présence. Il n'entre pas dans ma pensée d'apprécier votre conduite et celle d'une autre personne, mais j'ai été choisi par mademoiselle de la Roseraye pour vous demander réparation.

LE COMTE.

Et quelle est cette réparation qu'on me demande ? Le mariage ? Vous vous êtes chargé là d'une ambassade héroï-comique, fort galante sans doute, mais dont j'aurais le droit de me fâcher. Je pardonne à votre protégée son effronté bavardage, je comprends à merveille le plaisir qu'elle aurait à porter mon nom, mais vous, monsieur le baron, vous auriez dû vous arrêter tout court devant la fâcheuse renommée du sien.

LE BARON.

Taisez-vous, monsieur, taisez-vous. Dans cette maison déshonorée par l'improbité du père et l'inconduite de l'enfant, dans cette maison ouverte au mépris et à la raillerie publique, s'il n'y a qu'un homme qui doive cacher son visage, marcher sur la pointe du pied et parler bas, c'est vous. Corrupteur, osez-vous réclamer l'impunité ? Vous vous abattez sur une famille en larmes que ne protége ni l'estime du monde... ni le bras d'un homme.

LE COMTE.

Est-ce à moi que vous parlez? Quand je veux une femme, on sait bien que je ne regarde pas plus au danger qu'à la dépense.

LE BARON.

Oui, vous êtes brave, je l'oubliais. Vous êtes brave quand vous mettez l'escrime au service de vos lâchetés. Vous êtes brave quand vous arrivez sur un champ de bataille comme dans une maison de jeu. Vous avez cette bravoure sauvage que donne le mépris des autres et de soi-même, qui frappe les hommes sans défendre les drapeaux. Les gens comme vous, monsieur, qui font du courage l'unique vertu humaine, doivent tomber jeunes; leur vie coûte plus de larmes que leur mort.

LE COMTE.

Souvenez-vous de votre grand âge, monsieur le baron, si vous ne voulez pas que je l'oublie moi-même. — Vous me parlez de drapeaux, je crois, montrez-moi ceux de notre temps. Siècle d'anarchie, de profanation et de blague! Siècle de bavards et d'écrivassiers qui ont bafoué toutes les causes, culbuté tous les principes! Est-ce son drapeau à la main que le descendant d'une famille illustre m'invite à prostituer le sang de ma race et le nom de mes ancêtres?

LE BARON.

Belle noblesse, monsieur, que la vôtre! Noblesse de parade et d'écusson qui sonne bien haut dans les cirques, mais qu'on ne connaît ni à l'académie, ni au forum. Saint-Simon nous l'a dépeinte, votre noblesse, que la royauté couvrait de ses rayons comme une mare de boue qui reluit au soleil. J'appartiens à cette noblesse qui apporta ses titres et ses parchemins sur l'autel de la Révolution, et la Révolution, avec des courtisans, fit des citoyens. J'appartiens à cette noblesse qui en 1815 était aux frontières pour les défendre et non pour les violer. J'appartiens à cette noblesse enfin qui demande tous les jours une illustration nouvelle à de grands services ou à de grands travaux, mais vos marquis de hasard, vos princes de contrebande qui procréent chez les filles, se marient chez les financiers, éclaboussent la ville de leurs duels, de leurs procès et de leurs scandales, ce sont les mignons d'autrefois devenus les aventuriers d'aujourd'hui.

LE COMTE.

Soit, nous sommes des aventuriers, ce qui veut dire des hommes libres, déterminés, ardents, qui n'ont pas de serments à tenir et pas de comptes à rendre. En ne servant personne, nous restons fidèles à de vieux souvenirs; en portant l'épée, nous restons fidèles à de glorieuses traditions. — Et que diriez-vous donc, monsieur le baron, avec vos idées libérales, si de grands diables comme moi s'étaient faits capucins plutôt que soldats? Je vous livre nos salons ultramontains et leurs vieilles momies édentées et tremblotantes qui attendent une troisième restauration, la fleurette à la bouche et des cartes dans les doigts. Faites donc des croisades avec ces bonshommes-là. On leur enlève leurs filles entre la messe et le sermon. Joli exemple, par parenthèse, que ces filles donnent, et comme il engage bien à se marier. Il faut aller dans ce monde pour trouver autant de bâtards qui soutiennent la légitimité et autant de sacristains qui défendent la foi pour vivre de l'église.

LE BARON.

Prenez garde, monsieur le comte, il y a deux sortes de traitres, ceux qui abandonnent leur parti comme moi, et ceux qui le déshabillent, comme vous. Vous êtes encore jeune, mon cher comte, intelligent, loyal, vous avez de la probité dans le caractère, il vous manque celle de l'esprit. Faites du feu avec votre arbre généalogique qui n'en impose plus qu'à votre valet de chambre; jetez votre épée, le temps est passé des gloires sanglantes; vos opinions ne sont ni bien sérieuses ni bien réfléchies, demandez-en de nouvelles à la philosophie et au progrès modernes. Je sais que l'étude et les travaux de la pensée exigent une vie paisible, une maison régulière, et vous vous plaignez de la légèreté des femmes de votre monde, mais n'avez-vous pas un devoir à remplir, tout en suivant le penchant de votre cœur? Si l'amour n'était pas l'excuse de votre félonie, quelle excuse auriez-vous donc? Les sentiments que vous avez inspirés à mademoiselle de la Roseraye sont aussi profonds que sincères, je m'en porte garant; son éducation est parfaite, sa beauté accomplie...

LE COMTE.

N'achevez pas, vous perdez votre peine. Misanthrope et sauvage comme je le suis, l'envie pourrait bien me prendre un jour de me retirer sur mes terres, et là, si je rencontrais une belle paysanne, naïve, grave et pieuse, je serais capable d'en faire une comtesse de Rivailles. Au-dessus de l'honneur des alliances, je mets, vous le voyez, l'honneur conjugal. Mais les rouées et les coquines font la plus grande joie de notre époque et j'ai vu tant de jeunes femmes égayer le mariage que je ne me fierais guère aux jeunes filles qui n'attendent même pas jusque-là pour s'émanciper. Dites à votre protégée que ses exigences me déroutent; je suis tout disposé à satisfaire ses fantaisies, elle n'obtiendra rien de plus. Paris, monsieur le baron, est plein de jolies enfants comme elle, et leur signalement m'est bien connu; famille équivoque, éducation excellente, toutes les envies de la terre avec un brin de moralité, elles tombent comme des martyres et se relèvent femmes entretenues.

SCÈNE VIII

LES MÊMES, HÉLÈNE.

HÉLÈNE, pâle et agitée, elle marche précipitamment sur le comte.

Lâche! lâche! vil personnage dont la parole salit plus que la boue. Il raille les femmes qui l'ont aimé! il insulte une enfant qu'il a séduite! ne pouvant l'entraîner dans le ruisseau, il l'éclabousse! Qu'est-il donc cet homme qui ne respecte pas les fautes dont il est le complice? Qu'a-t-il fait pour jeter sur tous ses semblables le fiel de ses outrages? Qu'il nous montre les exemples de devoir et de sacrifice qu'il a donnés! Dans quel monde de justes et de femmes saintes a-t-il donc vécu, qu'il est sans pitié pour les faiblesses de la passion et les entraînements de la vie? Mon père valait mieux que vous, il est mort en homme de cœur, au milieu des siens qui l'ont pleuré. Vous, vous vivez seul, vous mourrez seul. Allez chercher vos paysannes, elles vous casseront leurs sabots sur le visage, quand vous approcherez d'elles. Indigne tentateur, le plus corrompu des hommes, traître, sauvage, écoutez ce que je vais vous dire : avant peu, vous serez aussi las de vous-même que des autres, et vous mépriserez votre propre personne. Rongé de dégoûts et d'amertumes, abandonné, haï, vous regretterez alors cette femme que vous aurez méconnue et qui se sera purifiée dans la retraite et dans l'austérité de son misérable amour. Vous aurez été la tache de sa vie, elle sera le remords de la vôtre.

(Pause. Un bruit confus se fait entendre auquel le baron le premier prête attention. On distingue bientôt les cris de vive Pauper ! vive Pauper ! Des ouvriers envahissent le fond de la scène. Entrent Michel et madame de la Roseraye.)

SCÈNE IX

LE BARON, LE COMTE, HÉLÈNE, MICHEL, MADAME DE LA ROSERAYE, OUVRIERS, FEMMES DU PEUPLE, CONSEILLERS MUNICIPAUX.

MICHEL.

Merci, mes amis, merci. Vous êtes contents de moi, c'est ce qu'il faut. Rentrez chez vous. Allez embrasser vos femmes qui mourraient d'inquiétude, si elles apprenaient avant de vous avoir revus qu'un accident est arrivé à la fabrique. Que ceux qui habitent loin fassent un temps de galop jusque chez eux. Je ne veux pas qu'on s'attable dans les cabarets sous prétexte de boire à ma santé.

LES OUVRIERS.

Vive Pauper !

MICHEL.

Taisez-vous, braillards, et rentrez chez vous.

UN OUVRIER.

Attendez un peu, vous autres, je demande la parole. — Pardon, excuse, m'sieu Pauper et la compagnie, je sais bien que quand il faut parler, je ferais mieux de me taire, mais j'ai quelque chose qui me chiffonne depuis longtemps, comme qui dirait un remords. Avec votre permission, v'là l'affaire : Je n'étais pas bien aimable, bien causeur, rappelez-vous, dans les premiers temps de notre connaissance. Je faisais mon service et c'était tout. Quand je vous regardais malmener un camarade relativement à son indolence, et d'autres fois pour une goutte de trop, ces manières-là ne me plaisaient que bien juste, vous ne m'alliez pas, quoi ! Je me disais : il est sévère le nouveau patron, faudra voir. C'est tout vu au jour d'aujourd'hui. Quand on est brutal à soi-même et qu'on fait la besogne de quarante-cinq chevaux, ah! dame! on n'aime pas les propre à rien et les bambocheurs, ça parle de soi. Pareillement je ne conseillerais pas à un efféminé de se mesurer avec vous qui resteriez de sang-froid devant une bouche de canon. Je crois bien que sans vous, patron, la fabrique, les ouvriers et tout le tremblement, nous aurions fait une jolie pirouette en l'air, cré nom! C'est à seule fin de vous dire, m'sieu Pauper, que je n'étais qu'un âne et qu'un imbécile, mais que si vous vouliez me souffrir une bonne poignée de main qui effacerait tout, ça ne vous coûterait pas grand'-chose et je reprendrais mon importance vis-à-vis de moi-même.

MICHEL, lui donnant la main.

Vous êtes un bon ouvrier, Lapointe, et un mauvais coucheur.

UN APPRENTI.

Le patron a dit le mot. Qué mauvais coucheur ça fait, ce Lapointe!

L'OUVRIER.

Allons, galopin, dans les rangs!

(Entrée des femmes du peuple.)

UNE FEMME, tenant un enfant à chaque main.

Excusez-moi, m'sieu Pauper, je parle à la diable, et je dis les choses comme elles me viennent, mais c'est plus fort que moi. Quel brave et digne homme que vous êtes! Vous portez de l'intérêt au pauvre monde, et c'est bien grâce à vous si nos ménages vont comme sur des roulettes. Ça ne vous suffit donc pas d'être bon comme le bon pain, vous êtes encore hardi comme un lion; à c't'heure, je serais peut-être veuve et mes pauvres petits n'auraient plus de père; foi d'honnête femme j'ai une bien grosse envie de vous embrasser : mon mari sera jaloux de ce baiser-là, car je vous le donnerai de bien bon cœur.

MICHEL.

Embrassons-nous, ma petite mère. (Ils s'embrassent.) Celui qui vous a coupé le filet, n'a pas volé son argent.

(Entrée des conseillers.)

LE PRÉSIDENT.

Monsieur Pauper?

MICHEL.

C'est moi, messieurs.

LE PRÉSIDENT.

Monsieur, les membres du conseil municipal étaient réunis en séance, lorsque leurs délibérations ont été troublées par des clameurs extraordinaires qui se produisaient à leur insu et sans avoir été préalablement autorisées. Nous avons pu craindre un instant d'être revenus aux plus mauvais jours de notre histoire, à ces époques de trouble et d'égarement où les rues retentissaient à toute heure de vociférations criminelles et anarchiques. Il n'en était rien, je suis heureux de le dire bien haut, et nous n'étions pas plutôt renseignés sur le mouvement populaire dont nous étions témoins que nous décidions de lui donner par notre présence une portée considérable, tout en le maintenant dans de sages limites.

Monsieur, les exemples de dévouement et de courage ne sont pas rares... en France, mais il appartient aux représentants de l'autorité de les signaler plus particulièrement quand ils se produisent dans les classes inférieures. Nous ne saurions souhaiter une occasion plus favorable de nous retrouver au milieu d'une population paisible et régulière, passionnée pour l'ordre et qui n'est sortie de sa réserve habituelle que pour rappeler... à la France qu'elle est toujours la patrie des braves.

MICHEL.

Je vous remercie, messieurs, mais vos paroles sont plus grandes que mes actes. Je n'ai fait que mon strict devoir en défendant la propriété confiée à ma garde et je ne serais pas digne d'être à la tête de ces braves gens s'ils me trouvaient derrière eux au moment du danger. Permettez-moi de me servir d'une comparaison bien familière : Tous les jours je recommande à mes ouvriers d'être pourvus et riches en outils sans distinguer entre les plus nécessaires et celui qu'ils n'emploieront que par exception : le courage est cet outil dont je parle, le plus souvent inutile, mais que l'homme doit toujours tenir à son commandement.

Vous avez bien voulu, messieurs, nous apporter jusqu'ici vos précieuses félicitations en y mêlant, par mégarde sans doute, des souvenirs néfastes. L'histoire de nos guerres civiles est-elle donc si ancienne qu'on puisse présenter ses enseignements sans rappeler aussi ses victimes, et ne vaudrait-il pas mieux au contraire oublier ces combats fratricides condamnés à l'heure qu'il est par les uns et par les autres? Je connais les ouvriers, j'ai vécu au milieu d'eux, je suis un ouvrier moi-même, eh bien! toutes ces comédies révolutionnaires qui se jouent au nom du peuple, le peuple n'y croit plus. Il en a assez des changements qui ne changent rien ; il sait maintenant ce que valent les principes de tribune et les constitutions en papier ; il en a fini avec les politiciens, les avocats, les ambitieux de toute sorte qui l'exaspèrent sans profit plutôt que de le servir utilement. Des écoles plus nombreuses, des impôts plus rationnels, des salaires plus équitables, voilà ce que l'on demande aujourd'hui; mais ce n'est pas tout, nous demandons aussi la liberté, parce qu'une nation sans liberté, c'est une femme sans honneur.

LES OUVRIERS.

Vive Pauper!

(Michel s'approche des conseillers avec lesquels il s'entretient à voix basse en même temps que les ouvriers se retirent.)

LE COMTE, au baron.

Qu'avez-vous donc?

LE BARON.

Ne le voyez-vous pas? Je suis ravi de tout ce que je viens

d'entendre, émerveillé de tant de sagesse et de fraternité. Ici se trouvent des travailleurs paisibles, sensés, reconnaissants; ils ont pour chef un homme sorti de leurs rangs qui les secourt par ses œuvres et les honore par ses lumières. Quel exemple et quel progrès ! Le peuple, après mille siècles d'esclavage...

LE COMTE, l'arrêtant.

Ménagez-moi, monsieur le baron, après une heure de démocratie. Que de morgue ont ces précepteurs de faubourg! J'aime mieux la colère des femmes, elle est plus sincère et plus amusante.

LE BARON.

Tant pis pour vous, si vous avez pu rire des paroles de mademoiselle de la Roseraye; leur violence était légitime; elle n'a pas un mot à rétracter. Les reproches qui vous ont été faits ne partaient pas moins d'un cœur blessé que d'un esprit honnête.

LE COMTE.

Oui, oui, je l'ai bien remarqué comme vous; cette jeune fille a véritablement de fort bons principes, un fond très-réel d'innocence et de moralité.

LE BARON.

Après?

LE COMTE.

Après! peut-être ne serait-elle pas une maîtresse aussi agréable que je le croyais.

SCÈNE X

LE BARON, LE COMTE, HÉLÈNE, MICHEL, MADAME DE LA ROSERAYE.

MICHEL, redescendant la scène avec madame de la Roseraye.

Ai-je été sot de vous déranger pour une égratignure? Je

pensais à vous en tombant et je n'ai écouté que mon envie de vous voir. Quel est ce monsieur?

MADAME DE LA ROSERAYE.

Un neveu du baron, le comte de Rivailles. Dites-moi au moins si vous souffrez?

MICHEL.

Nullement, je vous assure. — Il ne me revient pas, votre comte.

MADAME DE LA ROSERAYE, au comte.

Je regrette bien que vous ayez choisi pour nous faire visite un jour aussi occupé que celui-ci.

LE COMTE.

Vous êtes tout excusée. On vous aura dit, madame, que j'avais fait prendre plusieurs fois de vos nouvelles et sans la crainte de me présenter chez vous mal à propos, je serais venu déjà me mettre à votre disposition.

MADAME DE LA ROSERAYE.

Vous êtes un ami trop nouveau, monsieur le comte, et un peu jeune pour que nous acceptions vos services; je ne vous en remercie pas moins de nous les offrir.

HÉLÈNE.

Il faut, ma mère, dire à monsieur de Rivailles le parti que nous avons pris de ne plus recevoir personne.

MADAME DE LA ROSERAYE, surprise.

Oui, en effet.

LE BARON.

Monsieur de Rivailles attend, madame, que je vous apprenne moi-même le véritable motif de sa présence. J'avais prié mon neveu de se trouver ici pour être assisté d'un parent dans la démarche que je vais faire auprès de vous. Moi

Charles-Frédéric-Guillaume, baron d'Holweck-Mickelbourg, prince de Mohr, gentilhomme du duché de Saxe, naturalisé citoyen français, ancien franc-maçon, auteur d'un mémoire sur le feu, couronné par l'Académie des sciences, j'ai l'honneur de vous demander la main de mademoiselle Hélène de la Roseraye.

MICHEL.

Vous, vous, baron de Sainte-Périne, gentilhomme de la Salpêtrière!..

MADAME DE LA ROSERAYE, l'arrêtant.

Mon ami!..

MICHEL.

Mille pardons, monsieur le baron!... (Il va pour s'adresser à Hélène, mais interdit par sa contenance, il se retourne vers madame de la Roseraye.) Parlez! parlez!

MADAME DE LA ROSERAYE.

Votre demande me touche, monsieur le baron; vous me voyez pourtant toute surprise de l'avoir entendue et bien embarrassée pour y répondre. Je mentirais si je vous promettais de conseiller à Hélène un mariage plus qu'honorable pour elle, mais où elle ne trouverait ni les convenances de l'âge, ni les sécurités de l'existence. C'est une mère qui vous parle ainsi, vous ne sauriez vous blesser de sa franchise. Je ne veux pas vous cacher du reste que ma fille m'a été déjà demandée, et sans connaître encore ses sentiments pour un homme dont elle apprécie toutes les qualités et tous les mérites, je crois, si elle se décidait à me quitter, que ses préférences seraient d'accord avec les miennes.

LE COMTE.

Il y aurait de l'indiscrétion, madame, à prolonger cette visite. (En saluant Hélène.) Vous voilà deux maris pour un, mademoiselle.

ACTE QUATRIÈME

PREMIER TABLEAU

Le théâtre représente un salon. — Au fond, table encore servie et qu'on vient de quitter.

SCÈNE PREMIÈRE

MADAME DE LA ROSERAYE, HÉLÈNE.

(Au lever du rideau, Hélène en robe de mariage est assise sur un canapé. Madame de la Roseraye, à l'une des portes du fond, fait des signes d'adieu à des gens qu'on ne voit pas.)

MADAME DE LA ROSERAYE, descendant la scène.

Mon Hélène est une belle fille qui n'a qu'à le vouloir pour plaire à tout le monde; je parierais bien qu'en ce moment les amis de Michel le félicitent de la bonne grâce et de la tenue parfaite de sa femme.

HÉLÈNE.

Vous êtes contente de moi?

MADAME DE LA ROSERAYE.

Oui, chère enfant, très-contente de toi et bien heureuse aussi de ce mariage. Je ne me repentirai jamais, j'en suis sûre, d'avoir triomphé de tes hésitations. L'affection si profonde et déjà ancienne de Michel est une garantie pour ta mère que tu conserveras toujours le cœur de ton mari. Ses qualités sont de celles qui font les bons ménages et les femmes heureuses; sa situation s'améliorera encore en même temps que ses travaux prendront plus d'importance, le voilà sur la route de la fortune et des honneurs. A moins de rester vieille fille, pouvais-tu trouver un parti qui te convînt davantage? Il n'est pas jusqu'à tes velléités de grandeur que tu satisferas tout à ton aise dans le cercle de tes nouvelles connaissances où tu vas trôner comme une petite reine.

HÉLÈNE.

Que vous êtes bonne de penser pour moi à tant de choses! Je vous aime, ma mère, je voudrais vous ressembler. Comme vous êtes toujours naturelle, si mesurée, sûre de vous-même; je me rends compte en vous écoutant de l'infériorité de mon esprit, qui saute toujours d'un extrême à l'autre, et d'exagération en exagération. Vous croyez peut-être qu'en me décidant à me marier sur vos instances, j'ai calculé à part moi les avantages de cette résolution. Il n'en est rien : aisance, plaisirs, vanités, que m'importe! Aujourd'hui moins que jamais, ce qu'on est convenu d'appeler le bonheur ne saurait me satisfaire, et si les joies de la vie m'avaient plus préoccupée que ses devoirs, il m'aurait fallu alors des satisfactions immenses, toutes les impétuosités de la passion, une liberté sans borne.— Pardon! ce que je vous dis là vous étonne, vous trouvez que je m'émancipe un peu vite et que l'avenir ne serait peut-être pas sans danger. Rassurez-vous. J'ai fermé la porte pour toujours à ces imaginations licencieuses qui ne laissent derrière elles que trouble, épuisement et remords. Je rêve maintenant une existence austère, sans frivolité et sans dissipation, de graves devoirs accomplis plus gravement encore, un foyer solennel comme un cloître. Vous voyez, ma mère, que nous sommes loin de nous entendre, et que nous envisageons mon mariage bien différemment. Vous me dites : « Tu tiens le bonheur, » et moi, je pense : « L'honneur est là. »

SCÈNE II

LES MÊMES, MICHEL.

MICHEL, à madame de la Roseraye.

Vous avez une voiture en bas, mais nous vous retenons encore.

MADAME DE LA ROSERAYE.

Non. Je vous quitte au contraire. Il est déjà bien tard pour rentrer à la campagne.

MICHEL.

Pourquoi ne m'avez-vous pas laissé faire? Je vous aurais loué un petit appartement près du nôtre, jusqu'à ce que vous consentiez à vivre avec nous.

MADAME DE LA ROSERAYE.

Passez d'abord votre lune de miel; nous verrons après. Avez-vous décidé quelque chose pour demain?

MICHEL.

Oui; il est convenu avec ma femme qu'elle m'accompagnera à la fabrique. Je désirais que sa première visite fût pour mes ouvriers qui lui ont envoyé leur bouquet.

MADAME DE LA ROSERAYE.

A demain, alors.

MICHEL.

Prenez-vous Adèle avec vous?

MADAME DE LA ROSERAYE

Non, je vous la laisse

MICHEL.

Il faudra aviser pour cette fille... Reste-t-elle à votre service ou au nôtre?

HÉLÈNE.

Ne vous occupez pas d'Adèle, je sais qu'elle doit bientôt nous quitter.

MADAME DE LA ROSERAYE, à Hélène.

Adieu.

HÉLÈNE.

Vous partez décidément?

MADAME DE LA ROSERAYE.

Oui.

HÉLÈNE.

Je vous ai dit des folies tout à l'heure, ma bonne mère, mais vous savez le peu d'importance qu'ont mes paroles. Je ne regrette rien; je ne suis ni un monstre ni une victime; le bonheur de la maison est entre mes mains, il ne s'échappera pas par ma faute.

MADAME DE LA ROSERAYE.

Je ne veux pas me torturer la tête aujourd'hui, et j'ai confiance dans l'avenir. Viens dans mes bras, mon enfant, que je te sente encore une fois sur mon cœur. Cette minute est la dernière qui me reste, nous ne nous quittons pas, je le sais, mais tu ne m'appartiendras plus comme autrefois. Tu apprendras bientôt comme nos affections sont infidèles et comme on oublie vite, même sa mère. J'ai bien aimé la mienne et pourtant je me reprochais déjà de l'abandonner quand tu es venue au monde. Chère petite, où est le temps où je te portais tout endormie dans ton berceau! Tu m'as causé bien des tristesses, mais que de joies aussi tu me rappelles, que de consolations! — C'est ton tour maintenant! Ta vie sera plus douce que la mienne, tu vas t'épanouir paisiblement aimée, fêtée, choyée...

Un jour viendra où je passerai dans les grand'mères ; et toi, alors, ma pauvre agitée, tu seras toute surprise de calculer le bruit de tes pas et de retenir jusqu'à ton souffle pour ne pas réveiller un petit être.

(Madame de la Roseraye quitte Hélène et sort rapidement.)

SCÈNE III

HÉLÈNE, MICHEL.

MICHEL, allant à elle avec emportement.

Je t'adore ! je t'adore !

HÉLÈNE.

Prenez garde !

MICHEL, changeant de ton, très-tendrement.

Je t'aime ! je t'aime ! je t'aime !

HÉLÈNE.

Oui, je vous crois, mais je suis un peu troublée, éloignez-vous.

MICHEL.

Je m'éloigne, mon Hélène, je t'obéis; aujourd'hui, toujours; toujours je serai soumis et suppliant. Tu ne connaîtras la violence de mon amour que par la tendresse de mes soupirs. Joie suprême ! unique pensée ! tu es à moi ! Les battements de mon cœur m'étouffent et je cède en même temps à une sensation inexprimable de bien-être et de délivrance. Il arrive souvent aux enfants dans leur sommeil de poursuivre une conquête merveilleuse qui fuit incessamment devant eux. Peu de rêves sont aussi fatigants et aussi cruels, c'était le mien ; mais ma merveille est là, près de moi.

HÉLÈNE.

Comme il m'aime !

MICHEL, revenant près d'elle, pas à pas.

Donne ta main que je la couvre de baisers. Donne ! donne ! (Elle lui donne la main.) Je t'adore, créature fière et pudique. (Mouvement d'Hélène). Je voudrais me prosterner à tes pieds et respecter ton innocence, si la contemplation pouvait suffire à l'amour. — Mon ange, tu as rougi comme une rose ! — Remets toi, remets-toi.

HÉLÈNE.

Pauvre homme ! son erreur me fait honte !

MICHEL, à quelques pas d'elle.

Tourne les yeux de mon côté. (Elle le regarde.) Est-ce la beauté de tes yeux qui m'enchante ou la franchise de tes regards?

HÉLÈNE, allant à lui vivement.

Je suis très-heureuse de vous entendre dire que vous m'aimez. Parlez-moi de votre tendresse, mais oubliez mes perfections.

MICHEL.

Laisse-moi tout te dire, et au terme de mes peines que je puisse contempler librement ta personne adorée. Tu es belle comme une image, avec tes formes si pures et tes grands yeux honnêtes. Jamais je ne te verrai assez pour satisfaire mon cœur. Œuvre parfaite que je profane en la touchant. Fleur précieuse tombée entre mes mains grossières. Sois indulgente, mon enfant, c'est le jour et la nuit qu'on a mariés ensemble, mais quel homme serait digne de t'approcher !

HÉLÈNE.

C'est assez. Ne me parlez plus ainsi. Une adoration semblable ne s'adresse qu'à ma personne, je ne la demande ni ne la mérite. Vous me désoleriez plus que je ne puis vous dire, si je pensais qu'en m'épousant vous ayez recherché les attraits d'une jeune fille plutôt que les qualités de la femme ; je me suis rendue pour ma part à l'attachement d'un homme réfléchi que les considérations les plus sérieuses du mariage devaient préoccuper avant tout.

MICHEL.

Chère Hélène, plus grave encore que touchante, et plus chaste que belle ; tu es bien telle que je te jugeais. — Ouvre ce médaillon. Que contient-il ?

HÉLÈNE.

Un diamant.

MICHEL.

Regarde encore.

HÉLÈNE.

Je ne me dédis pas.

MICHEL.

Oui, c'est un diamant, sans valeur pour les autres, d'un prix inestimable pour moi. Ce diamant, c'est moi qui l'ai créé. Comment m'y suis-je pris, n'est-ce pas, et quels sont les secrets dont je dispose? qu'importe à cette heure! Un pédant te ferait le compte de toutes les analyses qu'il a tentées. Un inventeur t'apitoierait sur le récit de ses souffrances. Ne pensons qu'à ma découverte ; elle est là sous nos yeux, elle brille comme une étoile. N'en disons pas trop cependant et n'admirons encore qu'une création de laboratoire. Je sais ce que ce diamant unique m'a coûté d'efforts et de travaux, mais pour en produire des milliers semblables, je ne devrai ni ménager mes peines ni calculer avec le temps. Hélas! l'esprit dans ses conquêtes va moins vite que le cœur dans ses espérances. J'avais rêvé, mon Hélène, que le jour de ton mariage, une parure de ces diamants s'ajusterait à ta couronne d'orangers, et ces fruits de la science unis aux fleurs de la vertu auraient rayonné sur ton front comme le double symbole de la vie humaine ! — Te voilà toute sotte.

HÉLÈNE.

En effet, j'admire la puissance de votre esprit et la pureté de votre nature.

MICHEL.

Te moques-tu?

HÉLÈNE.

Vous interprétez bien mal mes pensées; jamais elles n'ont été plus sérieuses ni meilleures pour vous.

MICHEL.

Parle alors.

HÉLÈNE.

Quelle fatalité gouverne donc la vie ! Pourquoi le hasard, maître de nos destinées, les réunit-il si tardivement? Vous devriez vous plaindre de son injustice et moi reconnaître son indulgence.

MICHEL.

Que veux-tu dire?

HÉLÈNE.

Je vous trouve bien modeste dans vos succès, bien généreux dans vos affections. Un homme comme vous, d'une intelligence droite et supérieure, devait-il rechercher une enfant comme moi, si capricieuse et si légère ?

MICHEL.

Oui, tu es bien une enfant pour ignorer ce que tu vaux, pour oublier ce que je te dois. Qu'étais-je, avant de te connaître? Un bohémien... presque un vagabond. Je faisais comme tant d'autres qui ne manquent pas d'énergie, mais de conduite. Je battais le pavé de Paris, mécontent, besogneux, rompu jusqu'aux os, et la stérilité de mes labeurs me jetait dans les consolations les plus grossières. Je te vis et je fus sauvé. Ta fierté réveilla la mienne, tu étais harmonieuse, je devins ordonné ; je m'élevai pour te conquérir, et l'idole de mes yeux fut la patronne de ma vie.

HÉLÈNE.

Quelle femme apprendrait sans émotion qu'elle était aimée ainsi, dans un coin obscur, par un homme vaillant dont elle inspirait les travaux : association idéale de deux êtres, glorieuse pour l'un, fortifiante pour l'autre... et dont les bienfaits ne mériteraient votre indulgence si j'avais été coupable envers vous.

MICHEL, souriant.

Coupable !

HÉLÈNE.

N'insistez pas !

MICHEL.

Confesse-toi.

HÉLÈNE, à part.

Je voudrais le pouvoir.

MICHEL.

Je te devine et je t'attendais là. N'est-ce pas l'ancien temps auquel tu penses, mes premières visites qui te reviennent, et tu regrettes aujourd'hui toutes tes cruautés d'autrefois. Comme tu me recevais alors! Quel intrus, quel gueux, pensais-tu, avait-on laissé t'approcher! A peine me regardais-tu par-dessus l'épaule, et sans pitié pour mes efforts, tu m'accablais de dédains.

HÉLÈNE.

Mon ami...

MICHEL.

C'est le défaut, vois-tu, des jeunes filles, de préférer ce qui est reluisant à ce qui est sincère, et de sourire à la chance plutôt qu'au mérite : un million les étonne, un titre les éblouit ; il leur faut des héros avantageux comme elle. Aveuglement sans péril et sans durée. A peine sont-elles mariées ces jeunes filles, leur intelligence s'éclaire, leur cœur s'engage ; on les croyait romanesques, les voilà réfléchies, et toutes les tentations de la vie brillante s'effacent devant les prestiges de la vie sérieuse. Patience, travail, droiture, mots vulgaires dont elles découvrent la noblesse cachée ! savoir, talent, renommée, mots éloquents, ceux-là, qui leur rappellent la grandeur véritable. L'homme n'est plus ce passant dont elles admiraient les chevaux ou les armoiries, mais un compagnon doux et sûr qui leur confie son nom, sa dignité et sa tendresse... Alors émues et subjuguées, elles veulent payer leur bienvenue en donnant un gage de leur conscience, et elles s'accusent comme d'une grande faute de quelques railleries innocentes qu'on leur a pardonnées depuis longtemps. Oui, un autre peut-être aurait douté de ton cœur et de ta raison ; un autre t'aurait jugée frivole, insensible... vicieuse, et il serait retourné, le malheureux, à son logis désert, plutôt que d'exposer l'honneur du lit conjugal. Mais moi, mon Hélène, épris de tes grâces éclatantes, comme de tes vertus secrètes, aussi sûr de l'avenir que du passé, certain de ta loyauté comme de la mienne, je me suis mis à genoux pour obtenir ta main, et je t'ai menée en triomphe dans ma maison.

HÉLÈNE.

Honte ! honte !

MICHEL.

Qu'as-tu ?

HÉLÈNE.

Rien.

MICHEL.

Quelle parole a pu te mécontenter ainsi ?

HÉLÈNE.

Aucune.

MICHEL.

A quoi songes-tu là?

HÉLÈNE.

Exigez-vous que je vous le dise?

MICHEL.

Qu'est-ce donc?

HÉLÈNE, elle va pour parler et s'arrête.

Répondez-moi d'abord. Est-il vrai que vous ne deviez qu'à moi seul votre dignité et votre élévation?

MICHEL.

Oui.

HÉLÈNE.

Est-il vrai que vous m'aimiez sans mesure et sans retour, et qu'en me perdant vous vous perdriez vous-même?

MICHEL.

Je te le jure.

HÉLÈNE.

Est-il vrai qu'il y ait des hommes indulgents jusqu'à la folie, et généreux jusqu'au martyre?

MICHEL.

Après! après!

HÉLÈNE, elle va pour parler et s'arrête encore.

C'est tout, tout. Je suis émue, surexcitée plus que de coutume. Je voulais entendre encore les assurances de votre amour. Les torts qui ont précédé mon mariage, je les rachèterai après. — Éteignez ces lumières. Ouvrez cette porte. (Michel s'éloigne.) Allons, cache ta honte et soutiens ta perfidie. Il fallait parler plus tôt, éprouver son amour avant de trahir sa confiance. Fille perdue, quel homme plus crédule pouvais-tu tromper plus bassement! Tu as été sans scrupules, sois sans pudeur maintenant.

MICHEL, revenant.

Viens, viens, mon amour! ma vie! ma femme! Nuit divine que j'ai attendue si longtemps dans la fièvre! Heure d'extase et de transport.

(Ils font quelques pas.)

HÉLÈNE.

Pardonnez-moi.

MICHEL.

Je t'implore.

HÉLÈNE.

Dites-moi que vous me pardonnez.

MICHEL.

Toutes tes fautes pour un seul de tes baisers.

HÉLÈNE.

J'ai méconnu la supériorité de votre esprit.

MICHEL.

Il s'agit bien de mon esprit. Je t'aime!

HÉLÈNE.

Je me suis jouée des tendresses de votre cœur.

MICHEL.

Qu'importe! si elles te touchent maintenant. Je t'adore.

HÉLÈNE.

J'ai été l'une de ces jeunes filles, la plus coupable de toutes, que leur aveuglement entraîne à leur perte. Un homme, je le méprise, et je le hais aujourd'hui.

MICHEL.

Une amourette!

HÉLÈNE, se jetant à ses pieds

Pardonnez-moi.

MICHEL.

Relevez-vous. Parlez, parlez vite. Cet homme, vous échangiez des lettres avec lui ?

HÉLÈNE.

Oui.

MICHEL

Des rendez-vous ?

HÉLÈNE.

Oui.

MICHEL.

Il vous pressait de ses caresses, de ses désirs... Misérable ! (Il la frappe plusieurs fois. Elle tombe.) Fille de ton père, qui était un misérable aussi... Infâme ! Prostituée. La fille des rues me dégoûterait moins que toi. Va-t'en, va-t'en, je t'étranglerais. Ah ! que je ne te rencontre jamais avec ton galant, son compte serait vite réglé. (Elle s'est relevée et s'est dirigée vers la porte.) Où cours-tu, coquine ? Reste là, ne bouge pas. Irais-tu le retrouver, par hasard... Réponds, effrontée ! Es-tu lâche ainsi ! As-tu tous les vices ! Dis-moi donc que tu vas le retrouver !

HÉLÈNE.

Eh bien, oui !

(Michel court à la table et saisit un couteau. Hélène tend sa poitrine ; il hésite et s'enfuit en poussant des cris sauvages.)

DEUXIÈME TABLEAU

Une antichambre.

SCÈNE PREMIÈRE

HÉLÈNE, puis ADÈLE.

HÉLÈNE.

Elle entre par la gauche, tenant un flambeau d'une main et de l'autre une lettre. Même toilette qu'au tableau précédent. Allant à une porte.

Adèle! vous êtes là?

ADÈLE, derrière la porte.

Oui, madame.

HÉLÈNE.

Habillez-vous. (Elle dépose le flambeau.)

ADÈLE, paraissant.

Me voici, madame, j'ai entendu du bruit et je me suis levée.

HÉLÈNE.

Vous allez porter cette lettre chez M. de Rivailles; si vous ne le trouviez pas, vous diriez qu'elle est très-importante, et qu'il faut qu'elle lui parvienne sur-le-champ.

ADÈLE.

Madame ne redoute pas de rester ici?

HÉLÈNE

Allez, allez.

(Adèle sort.)

SCÈNE II

HÉLÈNE, seule.

J'étais sincère en l'épousant. L'humilité de son amour m'avait touchée; sa vie devenait l'exemple et le partage de la mienne. J'aurais voulu pour moi seule racheter une faute que moi seule aurais connue. Ce secret fatal s'est échappé de ma conscience; l'amour ne pardonne pas à l'amour. C'est bien, je m'affranchis! Je me délivre! Assez de luttes avec les autres! assez de combats avec moi-même! je me jette tête baissée dans ce monde vivant et aventureux qui m'épouvante comme une tempête, et qui m'attire comme un paradis. Misères que tout le reste! Conventions! préjugés! ce qu'on dira, que m'importe! Ces femmes vertueuses qui serrent la main de leurs amants sous les yeux de leurs maris, s'écarteront de moi; je serai plus fière encore que leur mépris!

Le comte sera-t-il chez lui? Cette lettre, inattendue, de quel air la recevra-t-il? Il m'aimait malgré tout, m'aime-t-il encore? Folle! folle! quelle question te fais-tu là? Ignores-tu ce que vaut son amour? Ne compte pas sur son cœur. Compte sur l'appui qu'il te doit, et souhaite qu'il te préfère à la première venue!... L'aimes-tu toi-même? Ah! s'il était là, devant moi, et qu'il connût mes plus secrètes pensées, je ne pourrais pas supporter son regard. Non! je ne l'aime plus! Ce que je veux de lui, maintenant, c'est ce que j'ai refusé autrefois; toutes les fantaisies de la richesse, toutes les voluptés de l'indépendance!

Cette fille ne revient pas. Que ferais-je; si le comte, plus barbare encore que l'autre, me laissait là, sans protection et sans refuge? Que deviendrais-je? Oui, ma mère me pardonnerait. Pauvre mère. Quelle douleur demain et quelle honte! J'aimerais mieux mourir que de reparaître devant elle. Pourquoi ai-je fait cet aveu? Quel remords m'a prise, quelle audace m'a tentée? Ne savais-je pas que les hommes qui ne comptent pour rien leurs trahisons n'ont pas de pitié pour les nôtres. Tous sont ainsi, le bourreau qui m'a perdue, comme le malheureux que j'ai trompé. Où est-il maintenant? Que fait-il? Il souffre de son côté et moi du mien. Pourquoi ne revient-il pas? Ah! s'il revenait... Si l'amour me le ramenait généreux et apaisé, et que le passé fût absous solennellement, moi je ne me souviendrais ni de ses indignes violences ni de mes honteuses tentations. Je le bénirais cet homme qui me rendrait au respect de moi-même et me remettrait pour toujours dans un chemin paisible et honoré.

(Elle prête l'oreille et remonte au fond. Adèle entre.)

SCÈNE III

HÉLÈNE, ADÈLE.

ADÈLE, d'un ton léger.

Monsieur le comte n'était pas rentré, madame, mais j'ai trouvé le valet de chambre qui a été lui porter la lettre à son cercle.

HÉLÈNE.

Pourquoi riez-vous?

ADÈLE.

Madame aurait bien tort de s'inquiéter. Jean, le domestique de monsieur le comte, m'a bien reconnue, et comme il a oublié d'être bête, celui-là, il a compris tout de suite. Dites à votre maîtresse, qu'il m'a fait, que son appartement est préparé depuis longtemps; j'ai des ordres pour la recevoir.

(Hélène, humiliée de ce propos, traverse rapidement la scène et rentre à gauche.)

SCÈNE IV

ADÈLE, seule.

Pimbêche! En v'là une qui ne sait pas ce qu'elle veut! Malheur! on est honnête ou on ne l'est pas. Ou tout l'un ou tout l'autre! C'était bien la peine de se fâcher avec monsieur le comte et d'épouser ce pauvre M. Pauper pour recourir après M. le comte, il n'en manque plus qu'un troisième. (Allant au fond.) Entrez, monsieur le comte. (Le comte entre.) Je vais prévenir madame que vous êtes là.

SCÈNE V

LE COMTE, seul.

Quelle peste que les femmes! Elles vous tombent dans les bras au moment où l'on n'y pense plus. Je ne pouvais pas dire non devant une épître pareille : « Telle je vous ai fui, telle je vous reviens... entre un traître et un assassin, j'ai recours au traître. » Coquine, tu me paieras cher toutes tes comédies et tes impertinences!

SCÈNE VI

LE COMTE, ADÈLE.

ADÈLE.

Monsieur le comte me permet-il de lui donner un conseil? On peut dire tout ce qu'on voudra de madame, que sa conduite pèche beaucoup, et qu'elle n'a pas deux idées de suite, mais elle n'est pas grimacière. La voilà qui pleure en ce moment, de vraies larmes qui coulent pour de bon, et dont monsieur le comte ne devrait pas rire. J'engage bien monsieur le comte, s'il veut en arriver à ses fins, à ne pas entrer là comme à la caserne. C'est comme j'ai l'honneur de le lui dire. Nous autres femmes, nous aimons quelquefois les militaires, madame le prouve bien, mais faut-il encore qu'il y ait un sentiment sous leur uniforme.

LE COMTE, lui donnant de l'argent.

Est ce que tu prendrais le parti de ta maîtresse contre moi?

ADÈLE.

Pas plus le sien que le vôtre, monsieur le comte. Je dis ce qui est, mais je ne m'intéresse pas à vos folies malhonnêtes. Il n'y a qu'une personne ici qui ait mon estime, et partant mon affection : c'est la mère de madame.

LE COMTE.

Tu sers bien les gens que tu aimes.

(Il entre à droite.)

SCÈNE VII

ADÈLE, seule.

Qu'ils s'arrangent. Je vais me coucher. Je n'aurai pas volé mon lit. (On entend chanter dans la rue.) Allons, c'est le tour des pochards maintenant. La débauche en haut, l'ivrognerie en bas. Je ne ferai pas de vieux os à Paris, moi, on voit de trop vilaines choses.

(Elle sort.)

TROISIÈME TABLEAU

Une rue.

SCÈNE UNIQUE

MICHEL, ivre mort.

Il chante.

Robin revint au village
Pour épouser ses amours,

Pour épouser ses amours.
Robin revint au village
Pour épouser ses amours!

Son amie était toujours
La plus belle et la plus sage.

Mais qui fut bien confondu
Le soir de leur mariage,

Pauvre Robin (*bis*),
La guenon avait perdu...
Avait perdu, avait perdu.

(Il chancelle et va rouler contre une maison. La porte s'ouvre. Le comte paraît, suivi d'Hélène ; ils s'éloignent rapidement.)

MICHEL, endormi.

Bonsoir, Hélène... Je t'adore! Je t'adore!...

ACTE CINQUIÈME

Un laboratoire. — Portes moyennes à droite et à gauche, 1er plan. — Le milieu de la scène est occupé par des appareils. Çà et là des piles de charbon. — A droite, une table et sur la table quelques bouteilles vides.

SCÈNE PREMIÈRE

LE BARON, UN MÉDECIN.

(Ils sont entrés par la porte de gauche, le médecin le premier.)

LE BARON, après avoir tiré la porte avec soin.

Eh bien!

LE MÉDECIN.

Votre homme est perdu et il n'a que ce qu'il mérite.

LE BARON.

Vous m'étonnez, une organisation comme la sienne détruite en si peu de temps, un corps de fer, des membres d'athlète.

LE MÉDECIN.

Oui, et il est archi-perdu. Vous l'avez entendu qui me criait : le coffre est bon, docteur, le coffre est bon. Animal! si tu pouvais voir ton cerveau, tu n'en dirais pas autant que de ton coffre.

LE BARON.

Il est malheureusement vrai que la tête s'en va de jour en jour.

LE MÉDECIN.

Où m'avez-vous amené, baron ?

LE BARON.

Chez un savant, un savant d'une espèce particulière; quel effet vous a-t-il produit ?

LE MÉDECIN.

Il m'a fait l'effet d'un ivrogne. Et à quoi emploie-t-il tout ce charbon, votre savant, est-ce qu'il en mangerait par-dessus le marché?

LE BARON.

Ne raillez pas, mon ami. Cet homme est très-intéressant, je vous assure, si sa maladie ne l'est pas. Il a, ou plutôt il avait une intelligence supérieure, une valeur hors ligne, et sans certaines circonstances qui l'ont jeté à corps perdu dans la boisson, son nom serait devenu célèbre comme ceux de Rumkorf et de Faradey. Il aurait illustré ce laboratoire où il mourra misérablement.

LE MÉDECIN.

Je vous crois. C'est sa mère sans doute, qui est là auprès de de lui.

LE BARON, après un léger embarras.

Non, c'est sa belle-mère... Une créature...

LE MÉDECIN, l'interrompant.

Évangélique!... Et la femme de ce garçon? On ne parle pas de sa femme; voilà l'explication que je cherchais.

LE BARON.

Je la connais, cette femme, mon cher docteur, qui mérite, elle aussi, autant d'indulgence que de pitié. Ses fautes ne lui ont pas porté bonheur. L'homme qu'elle aimait passionnément n'était pas digne d'elle, farouche, cynique, brutal. Ils sont séparés aujourd'hui et j'ai des raisons de croire que pour se rapprocher de sa mère, elle accourrait soigner son mari.

LE MÉDECIN.

Je l'engage alors à ne pas perdre de temps. — Et vous, baron, parlez-moi un peu de vous; vous ne me demandez pas une consultation en passant. La tête?

LE BARON.

La tête se porte parfaitement.

LE MÉDECIN.

L'estomac?

LE BARON.

L'estomac fonctionne régulièrement.

LE MÉDECIN.

Les jambes?

LE BARON.

Les jambes font leur service admirablement.

LE MÉDECIN.

Allez au diable.

LE BARON.

Je suis un sage, mon ami, et les sages vivent cent ans.

(Le médecin sort par la droite, reconduit par le baron; madame de la Roseraye entre par la gauche.)

SCÈNE II

LE BARON, MADAME DE LA ROSERAYE.

MADAME DE LA ROSERAYE.

Comment le docteur l'a-t-il trouvé ?

LE BARON.

Pas bien, pas bien du tout. Du calme, pauvre femme, du calme ! vous connaissez mes sympathies profondes pour M. Pauper et je suis très affecté de sa situation, mais la vôtre aussi est bien intéressante... toutes les personnes qui vous aiment se désolent de vous savoir ici, seule, affligée, souffrante, pauvre malade qui avez charge d'un malade.

MADAME DE LA ROSERAYE.

Je n'ai pas le temps de penser à moi!

LE BARON.

Vous avez reçu des lettres de votre fille?

MADAME DE LA ROSERAYE.

Non.

LE BARON.

Comment non! Je suis certain cependant qu'elle vous a écrit plusieurs fois. — Quelqu'un aurait-il détourné ces lettres?

MADAME DE LA ROSERAYE.

Ne cherchez pas, je les ai reçues. Ma fille s'est trompée si elle a cru que ma tendresse pour elle était inépuisable et qu'elle pourrait laver le passé avec quelques larmes. Son repentir ne me touche pas. Elle souffre, c'est justice. Je suis insensible à ses douleurs. Il est inutile qu'elle m'écrive, il est inutile qu'on me parle d'elle, je ne la reverrai jamais.

LE BARON.

Je blâmerais tout à fait une résolution de ce genre qui ne serait ni généreuse ni sage : voudriez-vous laisser votre enfant exposée à des épreuves, pires que des tentations. Votre devoir, au contraire, est de la protéger davantage, en regrettant de ne l'avoir pas connue plus tôt.

MADAME DE LA ROSERAYE.

Je savais que ma fille avait la tête vive, des idées singulières, une exaltation malheureuse, mais qu'elle fût sans principe et sans moralité, cela je ne le savais pas, et pour m'accuser d'imprévoyance, vous ignorez ce qu'est le supplice d'une mère qui n'a pas gardé l'honneur de son enfant. Egarée ou séduite, coupable dans les deux cas, si Hélène s'était jetée à mon cou, j'aurais pris ma part de sa faute, et nous l'aurions expiée ensemble. Mais il ne s'agit même plus de sa faute, elle a disparu dans son crime! — Est-ce possible! Je n'ai rencontré qu'un être, un seul, qui fût bon, dévoué, respectueux, son affection m'était douce, son mérite m'était cher; je suivais chaque jour le progrès de ses travaux et le développement de son esprit. Parti de rien, il allait arriver à tout. Cette existence a été détruite, cette intelligence a été foudroyée, cet être est à deux doigts de la folie ou de la mort. Et c'est ma fille... je n'ai plus de fille... il est là, mon enfant, il est là.

LE BARON.

Oui, vous dites juste, votre enfant véritable, c'est bien lui et il était digne de toutes vos tendresses, mais elle, elle a droit à toutes vos indulgences. Son repentir est sincère, sa douleur est profonde. Prenez garde, Hélène ressemble beaucoup à son père, elle pourrait finir comme lui.

MADAME DE LA ROSERAYE.

Allez, allez, frappez-moi, meurtrissez-moi. Ce n'est pas assez du spectacle que j'ai sous les yeux, rappelez-moi le plus cruel des souvenirs. Vous me déchirerez le cœur, vous ne l'attendrirez pas. Que me demandez-vous? de pardonner à une libertine qui trahira encore ma confiance et mon affection. Je ne le veux pas. Elle est libre, libre, entendez-vous, maîtresse de ses actions, maîtresse de ses jours. Je l'ai pleurée vivante plus que je ne la pleurerai morte.

SCÈNE III

LES MÊMES, HÉLÈNE.

MADAME DE LA ROSERAYE, courant à Hélène les bras ouverts.

Ma fille! mon enfant! (Les deux femmes s'embrassent à plusieurs reprises, larmes, sanglots.) Oui, oui, j'oublierai tout, je ne t'en veux plus, je t'aime comme autrefois, mais ne reste pas ici davantage, va-t'en, va-t'en.

HÉLÈNE.

Ne me renvoyez pas, ma mère. Vous m'avez rendu votre cœur, laissez-moi regagner le cœur de mon mari.

MADAME DE LA ROSERAYE.

Il est trop tard.

HÉLÈNE.

Non, il n'est pas trop tard pour m'exposer à sa colère, pour m'humilier à ses pieds.

MADAME DE LA ROSERAYE.

Il ne s'agit pas de toi, mon enfant, je ne pense qu'à lui. Ta présence le tuerait.

HÉLÈNE.

Elle peut le sauver aussi.

MADAME DE LA ROSERAYE.

Va-t'en, va-t'en, c'est moi qui irai te voir, demain, aujourd'hui, tous les jours, mais je ne veux pas que tu restes ic une minute de plus.

HÉLÈNE, violemment.

Où est-il ?

SCÈNE IV

LES MÊMES, plus MICHEL.

MICHEL, il va au baron, qu'il ne reconnait pas.

Vous êtes encore ici, docteur, le coffre est bon ! (A madame de la Roseraye.) Eh bien ! le voilà debout, sur ses jambes, ce méchant garçon qu'on soigne si bien, et qu'on gronde si fort, je ne boirai plus, je te le promets. (Madame de la Roseraye le maintient dans ses bras jusqu'à ce qu'il ait aperçu Hélène). Quelle est cette personne ?

MADAME DE LA ROSERAYE, obéissant au désir d'Hélène.

Ma fille !

MICHEL.

Pourquoi ne m'as-tu jamais parlé d'elle ? Elle vient pour assister à ma gloire ! (Il va à Hélène.) Bonjour, mon enfant, avez-vous fait un bon voyage ? (Il s'éloigne.)

HÉLÈNE, allant vivement au baron.

Est-ce l'ivresse ou la mort ?

LE BARON.

C'est la mort.

HÉLÈNE.

Les médecins l'ont-ils condamné?

LE BARON.

A moins d'un miracle.

HÉLÈNE.

Emmenez ma mère.

LE BARON à madame de la Roseraye.

Venez.

SCÈNE V

MICHEL, HÉLÈNE.

HÉLÈNE.

Regardez-moi fixement, tenez vos yeux sur les miens et cherchez au fond de votre mémoire l'événement le plus grave de votre vie. Qui êtes-vous? Qui suis-je? La douleur et les larmes m'ont-elles défigurée à ce point que vous ne reconnaissiez pas une femme dont vous avez adoré la beauté?

MICHEL.

Oh! je vous comprends bien. Je ne suis pas encore une bête! Si vous êtes pour vivre avec nous, mon enfant, il faudra parler moins haut. Notre maison est une maison silencieuse; cette dame que vous venez de voir, c'est ma mère. Vous lui conterez vos amours, ça la distraira. Moi, j'ai la tête à autre chose. (Il quitte Hélène et continue.) Je ferai cette affaire-là tout seul. Il y a des millions à gagner, à moi les millions. Je trouverai bien un ami qui m'avancera quelques pièces de cent sous. Pas d'associé. Je n'en veux plus d'associé. J'ai été assez exploité, grugé, volé. De la Roseraye peut se tenir tranquille, il n'aura pas ma rose.

HÉLÈNE.

Etes-vous marié?

MICHEL.

Marié... oui... plusieurs fois.

HÉLÈNE.

N'est-ce pas une femme, une femme tendrement aimée, une femme déloyale qui a été la cause de tous vos chagrins, et dont le retour vous apporterait la guérison?

MICHEL.

Je ne les ai jamais aimées, les femmes. Le peu d'argent que je gagne à la sueur de mon front passe chez le marchand de vin. J'ai essayé de ne plus boire, c'est ce qui m'a rendu malade. Donnez-moi à boire?... Non!... non!... je ne vais pas bien depuis quelques jours; c'est le travail, la boisson n'y est pour rien, c'est le travail. Cent trente et une nuits de suite, rien que ça, en tête-à-tête avec une énigme, il y a bien de quoi détraquer la cervelle d'un individu. Je barbote par moments, mais ça ne m'empêche pas de parler raisonnablement et de reconnaître les amis. Je t'ai bien reconnue tout de suite. Tu demeures toujours dans le quartier... hé!... J'irais chez toi les yeux fermés... rue de l'Ecole-de-Médecine, 19, au cinquième, la porte à droite... ton nom est sur la porte, madame Rosalie... Faut pas pleurer pour ça, tu es une bonne fille! — Donne-moi à boire (avec colère); je te dis de me donner à boire.

HÉLÈNE.

Je ne le veux pas. (Elle se jette à ses pieds.) Tais-toi, par pitié, tais-toi. Ne prononce plus ce mot affreux. Maitrise ce besoin terrible qui t'a déjà fait tant de mal, ménage les forces qui te restent et mes soins de tous les instants te rendront à la santé, à tes travaux, à ton génie. Distingue la voix qui te parle. Retrouve dans les plis de ta pensée et de ton cœur le portrait de la créature qui est là, à tes genoux. Souviens-toi de ton amour pour elle... mais rappelle-toi donc, rappelle-toi cette nuit épouvantable, où un homme égaré par la vengeance, le couteau à la main...

MICHEL, *tombant dans un fauteuil, suffoquant.*

Assez, assez, assez.

HÉLÈNE.

Cette jeune femme vêtue d'une robe blanche, qu'elle était indigne de porter... reconnais-la... c'est moi, moi, Hélène, la douleur et le repentir m'ont purifiée; reconnais-moi pour me pardonner.

MICHEL.

Pourquoi me faites-vous peur?... Je ne les ai jamais vus, ces gens-là. — Est-ce que je peux vous défendre, je suis trop faible pour vous défendre.

HÉLÈNE.

Il a tout oublié.

MICHEL.

Laissez-moi... qu'on ne me parle plus... vous me cassez la tête... Ah! ma pauvre tête... elle s'embrouille... Je m'en vas... au secours... à boire... écoutez... là... là... aidez-moi donc. — (*Il balbutie et regarde Hélène qui, tout en le suivant des yeux, s'est dirigée vers la chambre de gauche pour chercher du secours* — *Courant sur elle.*) Tu m'emportes mes diamants... mes diamants! où sont mes diamants?

(*Il pousse un cri, et se précipitant sur ses appareils, il démasque sa découverte.* — *Illumination du laboratoire par les diamants; il saisit un bloc cristallisé qui lui échappe des mains et se brise en éclats. Il tombe et meurt, la tête entourée de ses diamants.* — *Hélène a appelé.* — *Madame de la Roseraye, accourue la première, se jette sur le corps.*)

LE BARON, *très-ému de ce double spectacle.*

La société vient de perdre un grand homme et la science un grand secret.

FIN

IMPRIMERIE L. TOINON ET Cie, A SAINT-GERMAIN

www.ingramcontent.com/pod-product-compliance
Ingram Content Group UK Ltd.
Pitfield, Milton Keynes, MK11 3LW, UK
UKHW020929180726
13838UKWH00002B/831